D1636243

Georges Duhamel

de l'Académie française

CHRONIQUE DES PASQUIER

I

Le notaire du Havre

Mercure de France

« *Miracle n'est pas œuvre.* »
Laurent Pasquier.

*Les dîners de Chabot sont en général plaisants,
même pour un homme qui, comme moi, joue de bon
cœur les ermites : peu de monde, et de la meilleure
qualité, quelques vieux amis, qui ne se voient plus
assez pour être rassasiés les uns des autres, deux ou
trois « nouveaux », jamais davantage, et choisis la main
haute. On ne dit guère de bourdes, et parfois des choses
aiguës. La chère est friande et prodiguée. — J'aurai
sans doute l'occasion de faire place, dans mes récits,
à l'extraordinaire maîtresse de maison qu'est Mme Chabot. Nous avons le temps. — Enfin, tout est pour le
mieux, d'ordinaire. Pourtant la soirée d'hier me laisse
de l'amertume.*

*La faute en est sûrement à moi. Il est possible que
ce miroir m'ait gâté l'humeur. Nous étions exactement
onze personnes, chez Chabot. Le salon n'est ni grand
ni petit, de style Directoire, avec des glaces anciennes,
au tain brumeux. Onze personnes, dont six au moins
sont de vieilles connaissances, voilà qui se laisse assez
facilement ordonner et, si j'ose dire, mettre en place.
La soirée allait un train raisonnable. Il était dix heures
et demie. On fumait beaucoup. Les lumières, à dessein,
manquaient de mordant. Mme Chabot n'attendait pas
d'invités surnuméraires et nous l'avait déclaré. Et*

9

voilà que, lançant vers le fond de la pièce un coup d'œil calme, et même paresseux — je causais sans passion avec Gilbert Anceaume —, voilà que j'aperçois, dans la fumée des cigares, une figure inconnue : un type assez fort, de carrure épaisse, large d'épaules et de nuque, la tignasse d'un gris blanc, l'air en même temps robuste et las. Il était de profil et me tournait presque le dos. Je pense : « D'où vient donc ce vieux monsieur? On ne nous l'a pas présenté... »

A ce moment, j'esquisse un geste. Le bonhomme aussi fait un geste. Je reçois comme une pichenette à l'épigastre : le vieux monsieur inconnu, c'était moi, oui, moi-même, entrevu dans un fantasque jeu de miroirs, là-bas, vers le fond de la pièce, parmi les nuages du tabac.

J'ai souri, pour moi seul, cela va sans dire. De profil, je me connais mal et, de dos, pas du tout. Je suis resté, pendant la guerre, au moins deux ans sans miroir. Je me rasais, tout debout, sérieusement, devant un mur ou même, quand je le pouvais, devant un panneau de porte, parce qu'il est malaisé de se barbifier face au vide. Encore aujourd'hui, je fuis les miroirs, en partie par indifférence naturelle à leur séduction, en partie, en très grande partie par discipline anti-héréditaire, expression que j'expliquerai surabondamment dans la suite de mon récit.

Pour des raisons conséquentes à cette fameuse discipline, je me suis juré mille fois d'accueillir avec sérénité, peut-être même avec allégresse, en tout cas avec une alliance lucide, ce qu'on nomme « les avertissements de l'âge ». Je ne manquerai pas, quand le temps m'en offrira l'occasion, de faire, à ce sujet, des bilans scrupuleux.

Inutile, toutefois, de nier que cette découverte dans le miroir, sans me frapper, sans m'attrister le moins du monde, m'a fait réfléchir, m'a rappelé que le moment était venu de certaines moissons, de certains travaux.

J'ai, ce soir, placé devant moi, sur la table, un miroir découvert dans notre sac de voyage. L'examen auquel je me suis livré est parfaitement objectif. Pas de complaisance, bien sûr. Et moins encore de cette cruauté que l'on se réserve à soi-même en se tutoyant avec dégoût et qui est une manifestation ordinaire de l'égoïsme éperdu : « Va, tu n'es qu'un niais, tu n'es qu'un lâche..., etc. » Non, non. Du calme, du détachement, cette tendresse aussi, cette tendresse attentive que je voue naturellement aux objets de mon étude et qui se colore de curiosité, de piété, de scepticisme, d'ironie, selon les heures. Attitude professionnelle, chez l'homme de laboratoire et, particulièrement, chez le biologiste qu'il faut dire que je suis avant tout.

La tête, dans son ensemble, paraît ronde, bien qu'une part de la courbure en soit dérobée par les cheveux qui sont drus, précocement blancs, à peine en retraite sur les tempes. Le front est bombé, les sourcils lourds, le nez court mais épais, la mâchoire solide. Tout cela est visible, avoué, car je me rase le poil. L'ensemble n'est pas beau, assez énergique, assez voisin, si j'ose me permettre cette comparaison, du museau beethovenien. Enfin, ce que ma femme, je ne sais trop pourquoi, décrit ainsi, en riant : « une de ces figures de chien que j'aime tant... ».

Le teint est coloré, surtout depuis quatre ou cinq ans : bronze, épices, noix muscades. Le cuir est à gros grains, avec des points noirs que ma femme prend un inexplicable plaisir à extraire au moyen d'une clef de montre, ce qu'elle fait en tirant la langue.

Le regard est bleu clair. Il est évident qu'au physique je suis un Pasquier. C'est indiscutable, indiscuté. Ma mère me l'a dit deux cent mille fois. Elle aimait de *proclamer ainsi la défaite évidente de son sang et n'a jamais admis la revanche de ce même sang dans l'ordre moral. Comme tous les Pasquier, j'ai donc les yeux bleu véronique. Ce bleu, qui, chez mon père, était, même dans le sourire, incompréhensiblement froid, est chez moi... mettons « sensible, avec une nuance de naïveté ». C'est le cliché, c'est ce qu'on dit dans mon clan. Je le répète sans commentaires.*

J'avais un mètre soixante-neuf de taille, il y a dix ans. Je ne me suis pas toisé depuis, et ce n'a guère dû changer. Je me tiens droit et ne perds pas un pouce de cette taille honorable et médiocre. J'ai engraissé, un peu, très peu, dans les trois dernières années. C'est assez bien réparti. En sorte que je vois la pointe de mes souliers sans cette gymnastique spéciale qui est d'imaginer que l'on va briser une noix entre ses fesses bien serrées.

Voilà pour la bête, et nous y reviendrons au besoin.

Si, quittant cette brave carcasse, je dirige vers l'abîme intérieur quelque chose que, faute d'un vocabulaire plus rigoureux, j'appellerai le regard spirituel, j'aperçois — il est bien entendu que toute pudeur est écartée —, j'aperçois un jeune homme. Oh! non pas un chérubin avec des ailerons dans le dos et des boucles angéliques. Non, un vrai, un simple jeune homme, pas trop neuf, mais frais, mais vert. Pas de panache : de la branche.

Voilà très exactement le point. Je suis un jeune homme, dans le secret de mon cœur, et, si je rencontre un miroir, je découvre un monsieur plutôt mûr qui tient à la fois et du phoque et du bouledogue.

Autre renseignement, autre trait : j'ai fréquenté chez les aînés pendant une part de ma vie, en sorte que, partout, je me sentais « le plus jeune ». Partout où je vais, maintenant, je suis... l'un des vétérans, et c'est peut-être que, d'instinct, je recherche, en mûrissant, la société de mes cadets.

Rien, dans les précédentes remarques, ne doit, ne peut donner à croire que je veux me rajeunir, que je joue, déjà, les « bien conservés ». J'expliquerai plus tard, et tout à mon aise, les raisons qui m'ont éloigné de cette décevante carrière. Au reste, de quoi me plaindrais-je? Si la jeunesse est de grimper très vite, en chantant, un raidillon, adieu la jeunesse, bien sûr. Mais si la jeunesse est dans le jaillissement des idées et des images, dans la vivacité de l'observation, dans l'aptitude à grouper les faits, à confronter les signes, dans la recherche de la difficulté, dans l'allégresse créatrice, il me faut déclarer tout net que je ne me suis jamais senti plus jeune et même jamais si jeune.

Je sais, en outre, que les gens de ma complexion ont plusieurs jeunesses, que, dix fois déjà, dix fois pour le moins, j'ai senti fondre sur mes épaules la menaçante nuée des misères physiques — je suis ce qu'on appelle encore un arthritique — et que, chaque fois, le chaud soleil a purgé mon ciel et dissipé l'angoisse.

L'Académie du Massachusetts vient de me décerner son prix biennal pour les sciences biologiques. Cette distinction, accueillie avec faveur par tout le monde savant, m'a causé une surprise presque douloureuse. Je mets à part les vingt-cinq mille dollars qui ne sont pas à dédaigner si l'on pense aux incertitudes présentes et futures, mais j'accueille avec une bien concevable inquiétude cette couronne réservée d'habitude à d'illustres valétudinaires momifiés dans leur génie comme dans un sarcophage d'or.

... Je viens de relire les pages qui précèdent et je ne suis pas trop content. Cette façon de répéter sous diverses formes que la vieillesse prochaine me laisse indifférent... C'est donner au sujet beaucoup trop d'importance. De la défiance, de la pudeur.

Il est temps de le dire, je suis né en 1881. Nous

sommes aujourd'hui le 14 mars 1931. J'aurai cinquante ans dans une semaine. Je suis né à Honfleur, par grand hasard, et s'il faut juger hasardeuse cette fantaisie paternelle, phénomène constant entre tous les phénomènes. Mon frère Joseph est né à Nesles, pendant la grande maladie de mon père. Ferdinand a vu le jour à Paris. Ma sœur Cécile est de Rouen et Suzanne, comme Ferdinand, de Paris. Ainsi les graines vagabondes se dispersent au gré du vent.

Je vais donner tout de suite un certain nombre de renseignements qui sont indispensables, mais sans perspective, ou encore sans vibration. Si le mot ne prêtait à sourire, on pourrait les appeler renseignements historiques, ils sont secs, ils sont arides.

Mon père s'appelait Eugène-Étienne-Raymond Pasquier. Il est né en 1846 et mort en 1922. Il était le fils de Charles-Bruno Pasquier que je n'ai pas connu, puisqu'il s'éteignit un an avant ma naissance. Je n'ai pas connu non plus mon grand-père maternel, Mathurin Delahaie, ni mon grand-oncle Delahaie, qui vécut à Paris, dans le quartier du Marais, non loin de l'hôtel de Lamoignon et qui finit par amasser, en pratiquant le commerce de la passementerie, une petite fortune dont je fais tout de suite mention, car elle est un des principaux personnages de mon premier récit.

Charles-Bruno Pasquier était jardinier de son état. Je répète jardinier, et non pas « horticulteur » comme dit pompeusement mon frère Joseph quand il consent à parler de son ascendance. Tous les propos publics de mon frère Joseph réclament l'application d'un coefficient correcteur. S'il prononce mon nom en société, ce n'est pas sans gloses amplificatrices; il dit par exemple : « mon frère Laurent, un prince de la science... » ou « mon frère Laurent Pasquier, l'éminent biologiste de réputation universelle... » ce qui ne l'empêchait pas,

*dans nos dernières querelles intimes — les dernières,
j'en fais le serment —, de parler de « ces gens qui ont
l'air de tout savoir et qui ne savent rien... », de « ces
médicastres bouffis de vent... » ou encore de « ces gaillards qui croient que tout leur est permis parce qu'ils
ont trois ou quatre méchants titres qui d'ailleurs... ».
Mais laissons Joseph pour l'instant. Mon grand-père
Charles-Bruno ne s'est jamais mis en condition. Il
était, comme la plupart des Pasquier, indépendant et
fort en gueule. Sa légende ne permet pas de l'imaginer
« chez les autres ». Issu de paysans très pauvres, il
acquit, moitié par son travail et moitié grâce à son
mariage, un petit bien dont il vécut. Trois ou quatre
hectares d'un seul tenant, dans le bas de Nesles-la-
Vallée, où sont les terres maraîchères, sur la rive
gauche du ruisseau. Je peux encore montrer la place,
bien que cet honnête lopin forme aujourd'hui sept ou
huit parcelles, closes de murs ou de haies, avec des
bâtisses. Charles-Bruno, si j'en crois la fable familiale,
était un esprit inculte, mais inventif et curieux. Bien
qu'il tienne encore à l'humus et qu'il en tire subsis-
tance, c'est à partir de lui, dans l'ordre intellectuel, que
la courbe s'élève.*

*Je suis donc, moi, Laurent, à deux générations de
la bêche et à trois de la charrue. Si je cherche dans
mon voisinage, je vois que la plupart de mes amis, de
mes pairs, hommes distingués par leurs talents, par
leurs mérites, n'ont qu'à regarder derrière eux pour
nommer soit un laboureur, soit un tout modeste artisan.
Victor Legrand est petit-fils d'herbagers et Vuillaume
de vignerons. Les ancêtres de Roch étaient quelque
chose comme couteliers et le père de Schleiter a ravaudé
de vieilles nippes. Ainsi se formait en France, jusqu'au
seuil du présent siècle, une classe de citoyens que je
me refuse à nommer classe moyenne, car si moyenne*

elle demeure dans l'ordre de l'argent, elle brille par l'esprit, le savoir, le désintéressement et les œuvres au premier rang d'une société à laquelle elle prodigue sans compter des maîtres, des chefs, des principes, des méthodes, des clartés, des exemples, des excuses. A plaisir, les démagogues diffament cette élite sans comprendre qu'elle apporte à leurs rêveries une légitimation magnifique. J'aurai, dans la suite de mes récits, l'occasion de parler, et souventes fois, des Schleiter, des Legrand, des Chabot et de quelques autres. Que leur, que notre pensée soit colorée, nourrie par la sève rustique, voilà ce que mille faits et conjonctures s'accordent à prouver.

Je causais, le mois dernier, avec mon ami Emmanuel des Combes et lui déclarais, je ne sais plus à quel propos, qu'il m'était impossible de jouir pleinement d'un bien que je ne l'eusse conquis moi-même. Il me fit répéter cette confidence, réfléchit un instant et me dit avec sérénité qu'il ne comprenait rien à mes scrupules et qu'il jouissait, quant à lui, d'autant mieux des biens qu'il les trouvait plus francs de souvenirs pénibles et, si l'on peut dire, moins trempés de sueur. J'allais répondre à des Combes que tout bien temporel est toujours trempé de la sueur de quelqu'un, mais à quoi bon? Nous ne pouvons peser au même poids les fruits de la terre : la famille d'Emmanuel est de robe depuis le XVIe siècle et fut toujours très bien pourvue.

Revenons à mes Pasquier. Je me suis toujours demandé par quel hasard mon grand-père avait permis ou voulu qu'entre les prénoms de mon père se glissât celui d'Étienne. J'ai longtemps cru que la gloire du chancelier, contemporain de mon aïeul, expliquait ce choix naïf. La véritable raison est autre, probablement. J'ai découvert, en rangeant la bibliothèque de mon père — elle n'était quand même pas fort considérable —, un exemplaire des Recherches de la France. Cet *exemplaire in-quarto, d'une édition ancienne, porte diverses annotations et même la signature de Charles-Bruno. De toute évidence, il n'existe aucun lien entre l'illustre famille des Pasquier historiques et notre lignée campagnarde. Il est à croire que mon aïeul, glanant ce bouquin dans une vente aux enchères, a tenté de le déchiffrer et d'y chercher quelque lumière sur son patronyme.*

Pour plusieurs raisons, je n'ai jamais interrogé mon père à ce sujet. Ambitieux d'illustrer à nouveau mon nom, comment aurais-je pu faire état d'un lustre ancien où ma famille n'a point de part? J'avoue ensuite qu'interroger mon père ne m'a jamais été chose facile, surtout pour démasquer une curiosité de cette nature. Enfin et surtout j'ai précisément observé chez mon père une telle curiosité, mais plus vive et moins discrète que la mienne. Je pense que mon père, incomparablement plus instruit que Charles-Bruno, a dû lire et relire ces Recherches de la France *pour y trouver quelque clarté magique sur le génie de la famille. Je suis même très sûr que si le duc Pasquier n'était pas mort en 62, mon père aurait fait quelque tentative, au moins épistolaire, pour attirer sur soi l'attention de l'homme d'État. Mais en 62, mon père n'avait que seize ans.*

Il a su, par la suite, que le nom de Pasquier était assez répandu. Dans les débuts de son mariage, il a fait un effort pour prononcer son nom Pâquier à la façon des Pasquiers historiques, à la façon des Normands aussi. Comme tout le monde, autour de nous, s'obstinait à marquer l's, mon père a dû renoncer à sa réforme.

A cette réforme, sans doute, et non pas à son ambi-

tion. Vers sa trentième année, c'est-à-dire bien avant ma naissance, mon père a dû découvrir que Pasquier signifiait pâturage et représentait en somme un nom de lieu. Pendant deux ou trois ans, il s'est fait appeler ou, tout au moins, a tenté de se faire appeler du Pasquier. J'ai trouvé, dans ses papiers, quinze ou vingt articles signés Raymond du Pasquier. Je possède encore divers manuscrits signés de même et, sur l'un d'eux, ce curieux commentaire : « Je dis bien du Pasquier, comme on dit de la Pasture ou des Préaux. » Pour en finir avec cette lubie, j'ajoute que je possède également un extrait de naissance sur timbre, demandé sans doute en vue de quelque formalité administrative et refusé par l'administration parce que mon père avait tranquillement ajouté la particule, dans la pensée qu'elle passerait inaperçue et s'acclimaterait là tout doucement.

Ces menus traits donneraient de mon père une idée bien élémentaire s'ils le montraient simplement un peu glorieux, un peu fraudeur. Patience! Et du calme! Ayant à choisir entre ses prénoms et rejetant celui d'Étienne qu'on lui donnait volontiers dans son village, mon père s'en tint à celui de Raymond. Je pense que, s'il avait fait plus tôt les quelques études de grec dont il eut besoin, passé la quarantaine, il n'aurait pas méprisé Eugène. Ce fut Raymond qui prévalut, Raymond qui reste attaché pour jamais à cette étonnante figure. Mon père détestait les diminutifs, il a quand même supporté le Ram que ma mère lui donnait en certaines occasions.

Ma mère, Lucie-Éléonore, était née Delahaie — en un seul mot. Ce nom dut faire aussi rêver mon père, car je possède une grande feuille de papier qu'il n'a même pas pris la peine de détruire, il était bien au-dessus de ça, et sur laquelle il s'est livré à toutes sortes d'exercices graphiques. On y voit : Raymond

*Pasquier de Lahaie... Raymond Pasquier de la Haie...
Raymond P. de la Haie. On peut déchiffrer, dans un
angle, sous de négligentes ratures, un Raymond du
Pasquier de Lahaie. Tout cela de cette grande écriture
raide, hautaine, qui peint si mal, n'en déplaise aux
graphologues, le caractère de mon père. Dans ces divers
exercices, le paraphe vigoureux qui termine d'ordinaire
Pasquier se trouve tranquillement greffé sur l'e de
Lahaie ou la Haie.*

    *Mais revenons à ma mère et à la famille de ma
mère pour ces renseignements préalables et quasi admi-
nistratifs. Ma mère était d'un an plus jeune que mon
père. Née en 1847, elle nous a quittés l'an passé. Elle
avait deux sœurs qu'elle n'a pas connues et qui n'en
ont pas moins joué un rôle extraordinaire dans l'existence de notre famille. Ma mère avait deux tantes et
un oncle sur lesquels j'aurai l'occasion de revenir.
Avant d'aller plus outre, il me faut, même succinctement,
exposer certains faits nécessaires à la clarté de mon
récit. Mathurin Delahaie, mon grand-père maternel, et
Prosper Delahaie, son frère, exploitèrent ensemble,
rue des Francs-Bourgeois, jusqu'en 1848, le petit fonds
de passementerie dont j'ai dit un mot déjà. Les deux
frères se séparaient sur des questions de politique, si
bien qu'après les journées de Juin, Mathurin résolut
de s'expatrier. C'était le temps où beaucoup de jeunes
Français s'embarquaient pour les Amériques. Mathurin, époux d'une femme maladive, déjà père de trois
fillettes, venait de passer la trentaine. Rien ne devait,
pourtant, arrêter cette âme obstinée. Il vit les fondés
de pouvoir d'une grande entreprise péruvienne et signa
toutes sortes d'engagements. Il consentit à laisser aux
soins de son frère la petite Lucie-Éléonore, ma mère,
âgée de quelques mois, et s'embarqua sur un voilier,
au Havre, à la fin de l'été. Ma grand-mère, à peine*

au large, souffrit d'une fièvre infectieuse et tomba para-lysée. Dans cette extrémité, Mathurin manifesta la plus froide énergie. Le navire devait faire escale à Bordeaux pour y prendre du fret. Mon grand-père débarqua la malade et la remit aux soins des religieuses de l'hospice. Dans le même temps, il expédiait un message à Prosper, le priant de venir chercher la paralytique et d'en bien vouloir prendre soin, car lui-même allait poursuivre sa route avec les deux fillettes alors âgées l'une de quatre, l'autre de trois ans. Prosper, homme scrupuleux, vint chercher effectivement ma grand-mère qui survécut dix mois à cette atteinte terrible. Mathurin, prévenu par Prosper avec les grandes lenteurs de la poste en ce temps-là, n'écrivit que trois fois, pendant les dix premières années. La première fois pour annoncer qu'il était dans l'obligation de se remarier, la seconde pour envoyer, au nom de la petite Lucie-Éléonore, une somme représentant à peu près cinq mille francs et qui fut soigneusement placée en vue de constituer une dot. Quant à la troisième lettre, incohérente et brève, elle semblait indiquer que Mathurin était en train de faire fortune, qu'il avait pris un associé, mais que l'éducation de ses enfants du premier et du second lit lui donnait de l'inquiétude. Une lettre de l'associé par-vint quelque temps après, disant que Mathurin avait été gravement malade d'une fièvre maligne dont ses deux aînées étaient mortes. Prosper fit prendre le deuil à ma mère; mais l'année suivante, c'est-à-dire en 1867, Mathurin écrivit encore pour annoncer le mariage de deux de ses filles : Aurélie et Mathilde. C'étaient les noms des deux enfants emmenées de France, les deux sœurs de ma mère. Les Delahaie de Paris, dans l'in-certitude, écrivirent à Lima une lettre demandant des éclaircissements et qui resta fort longtemps sans réponse. Enfin parvint rue des Francs-Bourgeois un message de l'associé, message confus, dilatoire, écrit en mauvais français, assurant que les deux filles du premier lit étaient bien mortes, que Mathurin était fort malade et ses affaires très embrouillées. On était en 1870, la lettre arriva peu avant le début du siège et Prosper, saisi de mille soucis, remit à plus tard toute correspondance. Quelque temps après la fin de la Commune, il apprit la mort de Mathurin. Divers témoignages, presque tous indirects mais concordants, affirmaient que les deux filles du premier lit étaient effectivement mortes. La seconde femme de Mathurin ne donna jamais signe de vie et n'écrivait probablement pas la langue française. Prosper, de guerre lasse, laissa les choses aller jusqu'au moment où, ayant décidé de faire son testament, il chargea le notaire de sa famille de confirmer, par l'obtention d'actes réguliers, le décès des deux sœurs de ma mère. Nous verrons plus tard les suites de cette histoire.

Je reviens encore aux Pasquier. Il me faudra, malgré mon désir de clarifier ce récit, parler parfois de mes tantes et oncles paternels. A vrai dire, je m'embrouille toujours un peu dans ces complications de la parentèle. Il faut qu'on me répète vingt fois les choses : les deux veuvages de tante Anna, ce qu'était Mᵐᵉ Dubourdieu avant que d'épouser l'oncle Léopold, l'échelon exact où se logent les cousins Lescure et comment M. Alfred Cohen s'est installé, par alliance, dans l'extrême banlieue de la famille. Tout cela ne laisse pas de s'embrouiller un peu dans ma mémoire et je comprends alors la réflexion de Victor Legrand qui disait à sa femme, quelque temps après leur mariage : « Toi, ma petite, tu es, par bonheur, fille unique. Tu es seule de la variété. L'image que je me fais de toi n'est pas viciée par toute la séquelle des frères et des sœurs. Tu es pure, à ta façon. »

Mes parents ont eu sept enfants : quatre garçons et trois filles. Deux de ces enfants sont morts, à huit jours d'intervalle, en 1884, de la scarlatine, pendant notre séjour à Rouen. J'avais alors trois ans et je ne suis pas sans souvenirs de ces grands événements que furent leur maladie et leur mort. Marthe avait cinq ans et Michel, notre aîné à tous, dix ans tout juste. Je ne vais pas, tout livré que je suis aux soins de l'état civil, peindre ici le deuil et le désespoir de ma mère. Un mot seulement de mon père. Il ne m'a, je crois bien, jamais adressé la parole au sujet de Marthe et de Michel. Je l'ai parfois entendu parler de ces petites ombres à des personnes étrangères, et non d'ailleurs sur le ton de la confidence, mais accidentellement ou pour affaires. J'ai, chaque fois, observé que sa voix changeait de timbre, presque de nature et que, par un phénomène incompréhensible, la prunelle de ses yeux, déjà fort claire, pâlissait à tel point que le visage en était méconnaissable. Deux fois, j'ai surpris les propos de mon père qui disait à des amis en nous désignant d'un coup de menton : « Ces petits-là ne sont pas mal, bien sûr, et même ils ne sont pas sots. Mais les deux que j'ai perdus! Oh! des êtres exceptionnels dont on pouvait tout attendre. » Belle occasion pour Joseph d'être jaloux, même des morts.

Mon père était, à son ordinaire, ironique, badin, fuyant, insaisissable. J'ajoute qu'il a vécu bien assez pour assister à la réussite matérielle de Joseph, au succès de Cécile et au développement de ma propre carrière. Il n'en a pas moins été sûr que les deux petits morts ont emporté dans les limbes tout le génie de la couvée.

Je viens de parler de Joseph et de Cécile, ce qui me ramène aux survivants. Nous· sommes cinq, encore assez drus à l'heure où j'écris ces lignes. Joseph et Ferdinand, mes frères, sont mes aînés, le premier de sept, l'autre de quatre ans. Ma sœur Cécile a juste deux ans de moins que moi et la petite Suzanne... Mais quoi ! Suzanne, née en 92, touchera la quarantaine au mois de janvier prochain. Est-ce vrai ? Est-ce possible ?

Je le répète, pour achever cet aride tableau : mon père est mort en 1922 et ma mère en 1930. Mon éminent confrère Élie Faure m'a, lors de ce dernier deuil, écrit une lettre admirable, de sa meilleure encre. « J'ai subi, me disait-il, la même douloureuse épreuve et, pour la première fois, j'ai senti, senti physiquement, que plus rien de vivant ne me séparait de la mort. »

J'ai tracé plus haut mon portrait physique. Il me reste à compléter la fiche signalétique, quand bien même devrais-je dire des choses qui se trouvent dans les annuaires. Je me suis fait connaître, au moins du monde savant, par mes recherches sur les mutations expérimentales chez les animaux supérieurs. Le laboratoire m'a, de bonne heure, diverti de la médecine à laquelle je dois une grande partie de ma formation intellectuelle. Depuis 1928, j'occupe la chaire de biologie au Collège de France et suis l'un des plus jeunes professeurs de cette illustre maison qui, par mon élection, a manifesté, comme on a dit dans la presse, « son désir de renouveau ».

Il est superflu de donner un signalement moral, au seuil d'un ouvrage qui comportera maints portraits, dont le mien. Un mot, un seul, de nature, me semble-t-il, à résumer bien des gloses. J'ai, vers l'âge de trente-cinq ans, c'est-à-dire en pleine guerre, exactement pendant la bataille de Verdun, écrit sur mon carnet de poche la phrase suivante : « Miracle n'est pas œuvre. » Je ne pense pas qu'une phrase puisse jamais représenter tout un homme, son expérience, ses ambitions, sa loi. Pourtant je donne cette maxime comme la principale clef de ma vie spirituelle. Elle prendra sens dès la première partie de ce récit, celle qui concerne mon enfance. Que cette maxime ou devise marque un refus, une volonté opiniâtre, et même une certaine étroitesse rationaliste, je le reconnais. A la méditer amicalement, on comprendra bien vite que mon existence n'a, jusqu'à ce jour, été qu'une persévérante et victorieuse réaction contre un certain nombre de caractères transmissibles — je ne dis pas transmis. Par ce dire, je ne me sens pas en contradiction avec mon expérience de savant, bien au contraire : je me rattache, et même docilement, au déterminisme héréditaire. Le rebours est un des deux visages évidents de l'hérédité. Je ne critique pas non plus, et dès l'abord, mon patrimoine moral et physique. J'ai réagi, soit! Mais on réagit d'autant mieux qu'il faut lutter contre des puissances plus vives.

Je ne répugne pas à jeter quelques lueurs sur ma devise : entre le miracle et l'œuvre, je choisis l'œuvre. Je pense qu'on l'avait compris.

J'ai parlé de portraits et notamment de mon portrait. L'un de mes possibles portraits, cela va sans dire. L'homme que je suis avec mon frère Ferdinand, par exemple, ne ressemble en rien à celui que je suis avec ma femme. Et ce Laurent Pasquier est parfaitement étranger à celui que connaît mon ex-ami Victor Legrand. Vérité modeste qu'il n'est pas superflu de rappeler au seuil de cet ouvrage.

Au ton de ces premières pages, on pourrait croire que j'entreprends la rédaction d'un journal intime. Il n'en est rien. J'ai l'horreur des journaux intimes. On m'a dit que l'écrivain Carolus Desbœuf s'épuise chaque jour à dicter quinze ou vingt pages d'aveux impitoyables destinés à la postérité. Je juge ces effusions tout à fait contraires à l'esprit scientifique, sans doute, et même à la simple honnêteté. Ce qui rend l'introspection incomparable avec les autres méthodes scientifiques, c'est qu'il est, dans le domaine subjectif, impossible d'observer les faits sans les modifier, sans les altérer, voire, ce qui est plus grave, sans leur donner l'existence. Les « journalistes intimes », si j'ose dire, ne peuvent guère admettre qu'une journée tout entière — et que dis-je ? une semaine, un mois — s'écoule sans apporter une riche moisson de pensées, de sentiments et d'émotions. Leur attitude n'est pas, ne saurait être contemplative. Elle est provocante. De par leur propos même, ces messieurs se trouvent amenés à faire cas d'états d'âme extrêmement ténus, mettons incertains, informes, mettons surtout inexistants, car le mot embryonnaire supposerait une possibilité de devenir, et je veux tout justement dire le contraire. Ce délire de confession donne l'accès de la conscience, et conséquemment du « journal », à des pensées qui n'auraient jamais vu le jour dans une vie morale spontanée, à des pensées qui perdent ainsi toute relation raisonnable avec le reste de l'âme, avec le monde. On imagine les déformations et les perversions que cette pratique favorise. Que si l'on me dit que le but de ces journalistes clandestins est précisément de provoquer en eux de telles déformations et perversions, je me contenterai de hausser les épaules. Le mystère est assez grand en nous et autour de nous pour qu'il ne soit jamais recommandable d'apporter de l'ombre à l'abîme.

Que de gens, entraînés par ces débauches de littérature secrète, arrivent à se composer un personnage artificiel que, par la suite, il leur faut nécessairement jouer et soutenir !

Je ne songe donc pas le moins du monde à ces écrits que, dans un poème d'ailleurs bien oublié, Joachim du Bellay traitait de « papiers journaulx ». Non ! je soumets au temps corrosif toute mon expérience humaine.

Qu'il fasse et son choix et son œuvre. Je ramasserai le reste. Telles ces feuilles de peuplier que la pourriture automnale a purifiées, réduites à leur nervure nette et fine.

Point de journal intime, et donc des mémoires. J'écris ce dernier mot avec beaucoup de réserve et faute d'un mot plus modeste. J'ai, comme tous les hommes de ce temps, pris, à des événements sans mesure, une part pour moi considérable, et, c'est bien sûr, infime au regard de l'historien. J'ai fréquenté des hommes remarquables à qui je ne peux affirmer pourtant que l'histoire fera place. Je me suis tenu, par discipline intellectuelle, à distance des politiques dont on pense, à tort ou à raison, qu'ils sont les principaux artisans de l'histoire.

Les mémoires que je me propose d'écrire n'auront donc aucun caractère historique et même aucun intérêt historique si les pensées, travaux et aventures d'un simple citoyen perdu dans la foule se trouvent vraiment dépourvus d'intérêt historique.

Qu'il soit permis à un homme blanchi sous le rude harnais de la science, dans la lumière glacée du laboratoire, qu'il me soit permis de considérer avec défiance tout ce que peuvent offrir à l'histoire les mémoires dits historiques. J'ai poursuivi en ce qui concerne ma propre vie et la connaissance qu'en peuvent avoir mes plus proches, j'ai fait, dis-je, mille expériences. Nul doute : l'erreur est la règle; la vérité est l'accident de l'erreur.

Ce disant, je n'entends pas faire, une fois de plus, et combien sommairement, le procès de la vérité dite historique, mais déclarer ma prédilection pour une autre forme de vérité que j'appellerai vérité humaine ou poétique.

Chateaubriand, au début des Mémoires d'outre-tombe, livre admirable, parle avec force, avec pompe, des documents accumulés, classés, commentés. Ce grand exemple ne saurait me distraire de mon dessein qui

26

est de refouler tous documents pour me recueillir dans le plus libre silence, seul, seul avec les créatures de l'ombre.

Nombreux sont les rédacteurs de mémoires qui, donnant à leur propos une raison qui sonne comme une excuse, écrivent en sous-titre : « *pour servir à l'étude des mœurs* ». Je ne crois pas que le présent écrit puisse servir à rien de tel et même à quoi que ce soit. La littérature française est, dans l'ensemble, une littérature de moralistes. Elle est riche, variée, délectable. Un esprit lettré n'y saurait penser sans humilité, sans orgueil aussi. Mais quoi? pendant plus de quatre siècles, les Français ont peint les mœurs dans le dessein secret ou avoué de les corriger. C'est une étonnante chimère. Toute peinture des mœurs, quand elle est vigoureuse et brûlante, a quelque chance de confirmer les mœurs et d'exaspérer les caractères. J'admire et vénère Honoré de Balzac, tout en le rendant responsable de la destinée de mon père.

Seul un cuistre pourrait imaginer que la présente remarque engendre blâme ou critique. J'entends seulement me purger de toute ambition parasite et définir mon dessein. J'écris ces mémoires non pour édifier ou châtier qui que ce soit, mais pour accomplir un acte de connaissance. J'ajoute un acte d'oubli, car ne vais-je pas sacrifier tout ce que je ne sauverai point?

A ceux qui me reprocheraient de peindre trop souvent de petites gens, de pauvres gens, dont les pensées et les actes ne peuvent nous apporter de puissantes lumières sur le monde, je répondrai d'abord que je ne choisis pas mes modèles, ensuite que je prends l'homme où je le trouve et qu'il est des sociétés instruites et brillantes où cet « homme » que je cherche ne se rencontre jamais. Pour surcroît de raisons, je renvoie mes censeurs à mon confrère biologiste Jean Rostand. Ce jeune savant de mérite, qui est aussi un psychologue attentif,

se prononce fort clairement : ce sont les animaux dits
inférieurs qui nous ont livré le mot des grandes énigmes;
ce que nous savons aujourd'hui de plus profond sur
nous-mêmes, nous le devons à l'observation patiente
de moucherons minuscules « dont on peut élever des
centaines dans un petit flacon, sur une tranche de
banane pourrie... ». Cette observation scientifique m'apporte une image efficace.

Je possède une mémoire excellente dans laquelle il
y a, pourtant, non des lacunes — ce qui serait trop
peu dire —, mais de véritables déserts, des gouffres de
fumeuses ténèbres. Le temps n'est pour rien dans
l'approfondissement de ces cavités : j'en distingue déjà
dans la journée d'hier. Qu'on n'aille pas insinuer que
le « journal intime » a précisément l'avantage de...
Hélas! non. Les renseignements des journaux intimes
ne rendent que plus cruellement évidentes ces défail-
lances temporaires de l'être dans l'être, ces manques,
ces pertes de substance morale.

C'est donc une histoire discontinue que j'entends
restituer. Inutile, pour ce que je veux faire, de quêter
chez autrui les matériaux ou l'assistance : mon univers
ne coïncide avec nul autre. Je m'efforcerai de respecter
l'ordonnance naturelle qui groupe toujours les comparses
autour du protagoniste et les menus faits autour des
épisodes cardinaux. Ainsi doit s'expliquer le titre du
présent cahier.

Je crois bien naïf et vainement scrupuleux d'aller
chercher des souvenirs dans cette région du passé où
la plus habile chimie déclare n'en trouver que des
« traces indosables ». On connaît le langage ordinaire
de ces explorations : « Mon plus ancien souvenir
remonte au temps que... » ou « si je descends au plus
profond de ma mémoire... ». Assurément, la naissance
de Cécile, survenue à la fin de ma deuxième année, a

laissé quelques croquis dans mon album : le mur vert pâle sur lequel se découpe un rectangle de soleil, la place du lit de bois, non loin d'une cheminée... Franchement, tout ça n'est rien.

En revanche, les souvenirs qui vont de la septième à la douzième année sont, déjà, matière précieuse. Et j'ajoute matière ouvrée. La plupart de ces souvenirs ont été repris, recuits, polis, enchâssés, mis en ordre et en valeur par presque un demi-siècle de méditations, de confidences, de conversations, de querelles familiales et de radotages intimes.

Avant de me mettre au travail, je veux encore dire ceci : Je suis allé, ce matin, au marché de Pontoise. Un camelot, d'ailleurs très entouré, y vendait la bonne aventure. Son enseigne sur calicot publiait cette promesse : « Jean-Marie Scagliola peut vous dévoiler votre avenir et votre passé. » Personne parmi l'assistance n'avait l'air de remarquer ce qu'il y a d'étonnant dans un tel langage. Cela montre sans doute que la plupart des hommes ont besoin qu'on leur « dévoile » ce passé tout enveloppé de suaires.

Il y a, dans le fait d'écrire, et surtout sur un tel sujet, beaucoup de candeur et de présomption. Les gens de ma sorte semblent défendus contre certains rêves. Ils savent, ils sentent, avec une force désespérée, qu'un jour futur, l'homme, le mot d'homme, l'idée et le souvenir de l'homme, tout cela ne signifiera plus rien dans un monde à jamais déserté par les esprits de notre essence. Ces courageux n'en inventent pas moins chaque jour de nouvelles façons et de nouvelles raisons de se priver de tout, de se sacrifier pour des principes et des lois, de construire des monuments et des doctrines, de laisser, à l'avenir sans issue, des témoignages pathétiques de notre grandeur et de notre misère.

CHAPITRE PREMIER

Dans la salle à manger, brûlait, dès le crépuscule, notre grosse lampe de cuivre, toujours bien fourbie, toujours un peu moite de pétrole. Nous venions travailler et jouer là, sous cette lumière enchantée. Maman, pour disposer les assiettes du couvert, repoussait en grondant nos cahiers et nos livres.

Ferdinand alignait avec minutie des caractères soigneusement moulés. Il écrivait, le nez sur la page. Il avait déjà grand besoin de lunettes. On ne s'en aperçut que plus tard. Joseph, les coudes sur la toile cirée, faisait semblant de répéter ses leçons, mais il lisait le journal posé devant lui, contre un verre. Cécile jouait sous la table et, de minute en minute, cessant de psalmodier « huit fois huit » et « huit fois neuf », je cherchais et taquinais du pied la petite sauvage. Nous entendions maman remuer une casserole de fer, dans la cuisine, de l'autre côté du mur.

Joseph bâilla vigoureusement, à plusieurs reprises, et cria : « On a faim! »

Maman parut dans le cadre de la porte. Elle s'essuyait les doigts à son tablier de toile bleue. Elle dit :

— Votre père est en retard. Mes enfants, nous allons commencer sans lui. Venez vous laver les mains.

Nous passâmes dans la cuisine pour nous laver les mains, tous, sauf Joseph qui haussait les épaules et disait : « J'ai les mains propres. »

Quand nous fûmes assis de nouveau, maman vint avec la soupière. Maman! Elle était petite, bien faite, un peu grasse, la peau tendue sur le visage plein, un gros chignon non pas dressé sur le sommet de la tête, comme c'était la mode en ce temps-là, mais bas, contre la nuque, et pesant comme un beau fruit. Des bandeaux noirs, si sages!

C'était une soupe aux lentilles. Joseph dit : « Toujours! »

Nous étions à la fin de l'hiver. Nous n'aimions pas beaucoup la soupe; mais la bonne chaleur descendait tout le long de la gorge et, un moment après, on la sentait jusqu'aux jarrets, jusqu'aux pieds un peu gourds dans les grosses chaussettes de laine.

De temps en temps, Ferdinand se penchait sur l'assiette pleine de brouet et il y piquait un oignon. Il gémissait : « J'aime pas ça! » Alors Cécile tendait sa cuiller et criait : « Moi, j'en veux bien. »

Après la soupe, maman posa sur la table le plat de lentilles avec une saucisse. Les deux grands commencèrent de se disputer à qui aurait le plus gros morceau, et pourtant la saucisse n'était pas encore coupée. Cécile chantait, chantonnait. Elle chante encore ainsi. Elle a toujours chanté. Maman coupa la saucisse et les grands se mirent à manger. Maman leva sa fourchette et, tout à coup, s'arrêta, comme pétrifiée. Elle écoutait quelque chose, la bouche ouverte. Elle dit :

— Voilà votre père! Écoutez le pas de votre père dans l'escalier.

Mais nous n'entendions plus.

Père entra. Il remua d'abord les clefs, derrière la porte, puis il faisait jouer la serrure avec vivacité.

Il entra. Les patères se trouvaient dans le petit vestibule. Papa ne s'y arrêta point. Il vint jusque dans la salle à manger. Il tenait une lettre.

— Excuse-moi, Raymond, murmura maman. C'est encore des lentilles. Je t'expliquerai...

Papa ne répondit pas. Il nous regardait avec un sourire en même temps affectueux et ironique. Il n'avait pas quitté son pardessus qui portait un col de fourrure. Il avait son chapeau melon sur la tête. Avec ses longues moustaches blondes, presque rousses, ses yeux bleus, sa belle prestance, il ressemblait à Clovis, au Clovis de mon livre. Il était beau. Nous l'admirions.

Il sourit encore et jeta la lettre sur la table.

— Mme Delahaie est morte, dit-il.

Maman devint toute pâle.

— Est-ce possible?

— Vois toi-même, répondit papa. C'est une lettre du notaire.

Et il enleva son pardessus. Il avait un vêtement de coupe élégante mais qu'il jugeait fané, ce dont nous ne pouvions nous apercevoir.

Maman dépliait la lettre. Soudain, elle se cacha le visage dans son tablier et se prit à pleurer. Papa souriait, le sourcil dédaigneux. Joseph s'écria :

— Ne pleure pas, maman. Puisqu'on ne l'aimait pas, c'est pas la peine de pleurer.

Maman posa sa serviette sur la table et dit :

— C'est elle qui m'a élevée, mes enfants.

Papa venait de lisser sa belle moustache et de se

passer la main dans les cheveux pour les faire boucler. Il se redressa, fit trois ou quatre fois et très fort : « hum! hum! » et s'assit à table. Il avait des manières gracieuses. Un véritable homme du monde comme on en voit sur les images. Il souriait toujours si joliment.

Notre mère tamponna ses yeux et dit :

— Pardonne-moi, Raymond. C'est encore les lentilles. Tu sais pourquoi. Le malheur est qu'on ne peut pas trouver de persil en cette saison.

Père était décidément de bonne humeur. Il haussa les épaules. Il disait volontiers : « Donnez-moi n'importe quoi, pourvu que ce soit cuit à point et que ça ait de l'œil. » Alors maman mettait du persil sur les lentilles, et le plat avait de l'œil.

Papa mangea sa soupe, sans se presser, et dit à ma mère :

— Tu ne prends plus rien?

— Non, j'ai l'estomac serré.

— Il n'y a vraiment pas de quoi.

Nous étions tous recueillis, dans l'attente d'événements extraordinaires. Joseph avait près de quatorze ans et, par instants, sa voix sonnait, grave et basse, comme celle d'un homme. Il dit :

— Si Mme Delahaie est morte, alors on va hériter...

Papa fit des épaules un geste contrarié.

— Mon cher, mêle-toi de ce qui te regarde.

— Joseph, ajouta ma mère, un homme de cœur ne parle pas d'héritage devant un cercueil.

Le dîner fini, les cahiers rangés, nos parents nous envoyèrent au lit.

Joseph et Ferdinand couchaient ensemble dans un réduit qui prenait jour sur la cuisine. Comme c'étaient de grands garçons, on leur allumait une lampe et ils avaient le droit de lire ou de travailler une heure avant de s'endormir. Ce soir-là, papa n'alluma point de lampe.

— Mes enfants, dit-il, vous allez dormir tout de suite.

— Pourquoi?

— Parce que c'est comme ça.

Nous couchions, Cécile et moi, dans la chambre de nos parents. Il y avait là deux grands lits de bois disposés presque à angle droit. Maman dormait dans l'un, papa dans l'autre. Nous, les petits, nous couchions alternativement dans l'un et dans l'autre et nous nous querellions un peu pour coucher toujours avec maman, parce qu'une mère, c'est plus doux, plus chaud et parce que papa, craignant les coups de pied, nous refoulait dans la ruelle.

Ce soir-là, j'eus beaucoup de peine à m'endormir. C'était « mon tour de papa ». Je me tenais bien serré contre le mur et, le souffle court, j'écoutais ce que je pouvais entendre. Papa et maman avaient longtemps causé à voix basse, dans la salle à manger, puis ils étaient venus se coucher. Papa, les mains croisées sous la nuque, parlait d'un air détaché. De l'autre lit, maman répondait.

— Nous allons commencer par quitter cette cambuse.

— Sûrement, Raymond. Mais n'appelle pas ce petit logement une cambuse. Il a ses commodités. Nous le regretterons peut-être un jour.

— Non. Je veux un appartement de quatre bonnes pièces, au moins. Oui, au moins. D'ailleurs, sans ça, où mettrait-on les meubles?

— Les meubles, Raymond! Mais qui te dit que nous les aurons, les meubles?

— A qui pourraient-ils aller? Ta tante avait trop le sens de la famille pour donner ses meubles aux

34

hospices. Une chose est sûre, c'est que, d'après le testament de ton oncle Prosper...

— Mais, Raymond, ils avaient tout fait au dernier vivant. Et je suis sûre que Mme Delahaie a modifié les dispositions de son mari.

La voix de maman arrivait, un peu sourde, à travers la nuit feutrée.

— Oh! Ram, ne va pas te mettre à rêver.

— Rêver! grondait mon père avec irritation. Je me demande un peu lequel de nous deux s'amuse à rêver. Une chose est sûre : ta tante Alphonsine est morte. As-tu lu la lettre du notaire? Est-ce un rêve, cette lettre du notaire?

— Elle est morte, Raymond. Mais qui te dit qu'elle ne m'a pas déshéritée?

Sur ces mots, j'entendis que ma mère se reprenait à pleurer. Mon père donnait des coups de tête dans le traversin.

— Déshéritée... Déshéritée... Mais non, Lucie, ces gens-là n'avaient quand même pas assez de caractère pour te déshériter.

— Oh! Ram, ne parle pas si durement d'eux dans un pareil moment.

— Je dis ce qui me plaît. Ils ne m'aimaient pas, ces Delahaie. Leur bête noire, voilà ce que j'étais. Leur bête noire!

— Ils ne pouvaient pas te comprendre, Ram. Tu es travailleur, tu es sobre, et courageux et intelligent, tout, mais pas à leur façon. Et tu ne peux pas t'empêcher de dire des choses et d'avoir l'air de te moquer du monde. Eux, comment voulais-tu qu'ils s'y retrouvent?

— Tant pis pour eux.

Il y eut un grand silence. Peut-être commençais-je à m'endormir. On entendit Ferdinand tousser.

— Tu dors, Ferdinand? demanda ma mère. Vous dormez, les enfants?

Nul ne répondit; mais je suis bien sûr que, pour le moins, trois paires d'oreilles, dressées, interrogeaient l'ombre.

— Lucie! souffla mon père.

— Quoi?

— Je préfère ne pas aller à Honfleur, ni même au Havre, s'il faut y aller. D'ailleurs le notaire ne parle pas de moi. Tu es convoquée seule.

— J'irai seule, dit ma mère avec calme. Je demanderai à Mlle Bailleul de s'occuper des enfants.

— Oui. Pour ce qui est de l'appartement...

— Attendons un peu. Je chercherai dès que je verrai clair dans toutes ces histoires.

Un grand silence encore et, soudain, la voix de ma mère, musicale, ailée, rêveuse :

— On m'a parlé de choses très intéressantes dans les environs de la gare Montparnasse. Tu ne serais pas très loin de ton travail, en somme. Et il paraît que là, on aurait enfin de l'air et même de la vue. Tu dors, Raymond?

— Non, mais ne te monte pas la tête, Lucie. On verra tout ça plus tard, comme tu viens de le dire.

— Oh! Raymond, tirer des plans, ça ne fait de mal à personne et ce n'est pas là se monter la tête.

De nouveau, le silence, la nuit plus trouble. De nouveau, des voix languissantes, mêlées dans un interminable duo où reviennent des chiffres, des chiffres, des noms familiers, des noms inconnus, des exhortations, des soupirs. Je m'endors. Je dors longtemps. Je me réveille : le duo continue. J'entends : « Il y a des postes où l'on gagne ce qu'on veut... Après tout, quarante, quarante-deux ans, c'est la fleur de l'âge. » Je ne comprends plus rien. Dormir est bon.

CHAPITRE II

Mlle BAILLEUL. PRÉPARATIFS DE VOYAGE. UN TES-
TAMENT COMPLIQUÉ. LES SŒURS DE LIMA. VEN-
GEANCE POSTHUME. NOCTURNE.

Pendant toute la matinée du lendemain, ma mère
fit des courses. Mlle Bailleul était notre voisine, une
vieille fille solitaire, grande et charnue, qui donnait
des répétitions de catéchisme et nous faisait travailler à l'occasion. Elle avait de beaux yeux noirs
que j'aimais. Quand mon père l'apercevait dans la
maison ou sur le palier, il lui disait des frivolités
d'un air distrait. Mlle Bailleul se mettait alors à
bégayer. Elle rougissait, son beau regard paraissait
presque méchant.

Ce jour-là, Mlle Bailleul vint laver et peigner
Cécile. Moi, je me lavais et m'habillais seul. Ma
mère avait laissé sur la table une lettre au crayon
et des légumes épluchés. Mlle Bailleul lisait la lettre
en reniflant. Elle alluma le feu et mit les légumes
au pot, comme il était dit sur la lettre.

Maman rentra tard. Si tard même que Joseph et
Ferdinand étaient repartis à l'école. Papa ne venait
presque jamais déjeuner. L'après-midi, Mlle Bail-

37

leul me fit lire et écrire. Je n'allais pas encore en classe, à cause de ma santé. Je travaillais à la maison. Cécile chantait, sous la table. Maman cousait ses vêtements de deuil. Elle cousait merveilleusement vite. De temps en temps, elle s'arrêtait une seconde et regardait devant elle. Puis elle donnait, du bout de son dé, un coup sec sur la table et se reprenait à pousser et tirer l'aiguille avec cette vivacité voltigeante au prix de laquelle tous les autres artisans semblent infirmes. Parfois, sans arrêter la course de l'aiguille, maman disait rêveusement : « Sept fois huit... » Mlle Bailleul lançait un net « cinquante-six! » et ma mère soufflait, déjà repartie parmi ses pensées : « Bien sûr, bien sûr, cinquante-six... » Elle ajoutait : « cinquante-six... Mon Dieu... Mon Dieu! »

Vers le soir, maman put essayer ses vêtements. Elle me parut bien majestueuse au milieu de tout ce noir. Elle nous servit à dîner et dit :

— Je veillerai jusqu'à minuit, une heure, pas plus, et tout sera prêt pour demain matin.

Sitôt la table débarrassée, maman fit marcher la machine à coudre. Au bout d'un moment, elle se prit à chanter. C'était une espèce de complainte que nous connaissions tous, mais dont je n'ai jamais bien compris les paroles. Il s'agissait d'une femme très belle à qui l'on avait fait une blessure au front.

Papa rentra comme nous venions de nous mettre au lit. Je l'apercevais, assis à quelques pas de la machine à coudre, les jambes croisées, les pouces dans les entournures de son gilet. Il disait :

— C'est incroyable ce que j'ai pu faire de courses aujourd'hui. J'ai vu Chevallereau, pour commencer. Il me conseille formellement de travailler mes examens. Il m'a promis son appui. C'est quelque chose. C'est presque tout.

— Ram, disait ma mère, pense que nous n'aurons peut-être pas d'argent liquide. Méfions-nous des projets.

Papa frappait du pied.

— Je te ferai remarquer, Lucie, que ce ne sont pas des projets, mais des résolutions. D'abord, je ne quitte pas Cleiss. J'ai quand même là quelque chose comme un fixe. Même si Mme Delahaie n'était pas morte, j'allais m'y mettre, à ces examens. Tu dis : pas d'argent liquide! Admettons même qu'il n'y ait pas d'argent liquide! Il y a les meubles.

— Ram, tu ne vendrais pas les meubles!

— Pourquoi non?

— Des meubles de famille.

Mon père haussa les épaules d'un air excédé.

— On en rachète quand on veut des meubles de famille. Il y en a plein l'Hôtel des Ventes.

— Oh! ce n'est pas la même chose.

Mais, déjà, maman battait en retraite. Elle soupira :

— J'ai la tête perdue. En tout cas, ma robe sera prête dans deux ou trois heures.

Il y eut un long silence. Je ne pouvais pas m'endormir. Père avait ouvert devant lui une serviette de moleskine. Il en tirait des livres et des papiers qu'il étala sur la table. Il travaillait, les poings aux tempes. De temps en temps, il grattait le sol avec ses pieds, comme un cheval au piquet.

Le lendemain, en m'éveillant, je vis maman qui s'habillait. Elle attachait sur ses reins un petit coussin plein de son qu'elle appelait une tournure.

Puis elle enfila sa robe neuve, sa robe de deuil. Puis un manteau à collet. Enfin elle noua sous son menton les rubans de la capote. Elle était prête et nous la regardions tous avec étonnement. Père dit :

— Je vais aller te mettre à la gare.

— Si tu veux, Raymond. Mais ne viens pas me chercher. Je ne sais même pas quand je pourrai rentrer. Deux jours. Trois jours, peut-être plus.

Elle revint dès le lendemain soir. Nous étions à table et père était là. Joseph cria tout de suite :

— Quelles nouvelles? Quelles nouvelles?

— Tu es toujours à te jeter sur les choses, dit papa. Laissez votre mère se déshabiller.

Maman souriait, mais elle avait l'air soucieux et fatigué. Elle enleva sa capote, son manteau et mit tout de suite un tablier bleu pour ne pas tacher sa robe neuve. Joseph répétait :

— Dis-nous les nouvelles.

Maman secoua la tête avec embarras.

— Il faut bien t'imaginer, Raymond, que ce n'est pas simple.

— Je m'en doutais, fit papa, en souriant, l'air attentif. Mais il se contint et poursuivit :

— Rien ne presse. Nous parlerons de tout cela plus tard.

— Oh! dit ma mère, si les enfants veulent bien se tenir tranquilles...

— Alors, à ton aise.

— Comme je le pensais quand même, Raymond, nous avons les meubles.

— Oui, oui.

Les yeux de mon père, soudain, lançaient du feu.

— Je t'en prie, Ram, ne te mets pas en colère dès le commencement, ou, sans ça, je vais m'embrouiller et je ne me rappellerai plus rien. J'ai la tête perdue. Pour l'argent, tu comprends, ce n'est pas simple du tout. Il y en a la moitié, exactement la moitié qui me revient. Mais attends un peu. Ce n'est pas de l'argent liquide, comme tu dis. Ce sont des titres. Attends encore un peu.

— Je ne dis rien.

— Ce sont des titres d'une espèce spéciale, Raymond. Je toucherai les intérêts, bien sûr, mais je ne peux pas vendre les titres.

— Comment! Ils sont à toi, et tu ne peux pas les vendre?

— Que je t'explique, Raymond. Ils ne sont pas exactement à moi, ils sont aux enfants.

— Quels galimatias! A quels enfants?

— A nos enfants. Ils sont aux enfants, en nom, et c'est moi qui touche la rente, l'usufruit, comme dit le notaire. Pour les titres mêmes, ils représenteraient à peu près cinquante mille francs...

Joseph sursauta. Ses yeux s'élargissaient. Une goutte de salive lui coula de la bouche.

— Cinquante mille francs, reprit ma mère. Ils représenteraient ça si l'on pouvait les vendre. Mais je te répète, on ne peut absolument pas y toucher jusqu'à ma mort. Tu m'écoutes, Raymond?

De la tête, mon père fit « oui ». Mais il s'était mis à sourire et il disait, avec une sifflante suavité : « Les mufles! Les mufles! »

— Qu'est-ce que c'est qu'un mufle? demanda Ferdinand.

— Tu vois, dit maman, qu'on ferait mieux de ne pas parler devant les enfants.

Mon père haussa les épaules.

— C'est ce que je te disais. Enfin, continue. Et le reste?

— Le reste? Attends que je me rappelle bien. Le reste est divisé en trois parts. Une part, la plus petite, est placée en viager sur la tête de ma tante Coralie et paie tout juste sa pension à la maison de retraite.

Mon père faisait, de la main, un geste impatient.

— Je ne peux pas aller plus vite, poursuivit maman. Je risquerais de tout embrouiller. Le reste, à peu près quarante mille francs, en titres, toujours en titres, est entre les mains du notaire, mais destiné à mes deux sœurs.

— Tes sœurs de Lima?

— Mes sœurs de Lima.

— Mais puisqu'elles sont mortes!

Maman fit le signe de la croix et murmura :

— Comme tu es impatient! Ne t'emporte pas, Ram!

— Si tu me dis une fois encore que je suis impatient, je vais me coucher et nous ne reparlerons plus de cette histoire avant la semaine prochaine.

— Allons, Ram, laisse-moi dire. C'est justement le plus intéressant de l'histoire. Il est entendu que mes pauvres sœurs sont mortes. Du moins on me l'a dit, on l'a toujours dit. Les papiers officiels prouvant leur mort ont été demandés par mon oncle Prosper, il y a sept ans. Les choses ne vont pas vite, à Lima, paraît-il. Le notaire du Havre m'a dit qu'il écrivait tous les mois pour réclamer ces fameux papiers. Écoute bien, Raymond, c'est important. Quand le notaire du Havre recevra les papiers établissant que mes pauvres sœurs du Pérou sont bien mortes, la somme déposée à leur nom nous reviendra, directement.

— En titres invendables.

— Justement non. En titres que l'on peut, c'est le notaire qui me l'a dit, vendre tout de suite et dans des conditions avantageuses. Nous aurons même l'intérêt des titres à compter du décès de tante Alphonsine. Je l'ai vue, tu sais, ma tante Alphonsine. Elle n'était pas encore en bière quand je suis arrivée. Et si peu changée! Si bien elle-même.

— Nous parlerons de ça plus tard, Lucie. Voilà sept ans, dis-tu, que l'on réclame les actes au Pérou. Il n'y a vraiment pas de raison...

— Je sais ce que tu penses, Raymond. Il y a sept ans que l'on fait des recherches; mais il y a seulement six mois que le notaire a commencé de se fâcher. Et quand il se fâche, cet homme-là! Tu ne le connais pas : une encolure de taureau, positivement. Alors, ce n'est plus la même chose. Et puis, autrefois, il ne disait pas pourquoi il demandait les actes. Les gens de là-bas pouvaient croire qu'on en voulait à leur argent à eux, peut-être. Maintenant que la tante est morte, le notaire veut liquider la situation, tu comprends. Et il a dit que ça peut demander encore quatre mois, pas plus. Vois-tu, Ram, il ne faut pas s'emballer. Il dit quatre mois. Eh bien, comptons six mois.

Mon père s'était mis à marcher. Il tournait en rond autour de la table, car la pièce était petite. Il avait les mains nouées derrière le dos, sous les pans de sa jaquette. Il disait à voix basse : « Quelle vengeance! Quel raffinement de vengeance! » Et nous restions tous silencieux, au bord de l'angoisse, car nous ne savions pas si notre père allait succomber à la colère ou laisser paraître ce léger sourire méprisant qui nous était ravissement et malaise. Il disait, mordillant le bord de sa moustache :

— A m'entendre, on pourrait croire que j'aime l'argent.

— Oh! Ram, protesta ma mère avec douleur.

Mon père s'arrêta de tourner autour de la table et nous vîmes que le fameux sourire triomphait.

— Je ne peux pas aimer l'argent, dit-il avec simplicité : je n'en ai jamais eu. Je ne sais pas ce que c'est. Mais que j'en gagne! Qu'il m'en tombe! Et vous verrez tous, tu verras, Lucie, l'usage que je suis capable d'en faire. Allez vous coucher, mes enfants.

Nous n'osions pas protester, demander un sursis. Nous étions en même temps fiévreux et recrus. Mon père, d'un geste large, un peu théâtral, nous poussait vers le sommeil, comme un troupeau vers la bergerie. Il s'était assis en face de ma mère et disait :

— Reprends par le commencement, veux-tu? Nous allons voir ce qu'on peut tirer de ce fatras.

Une fois de plus, nous allions glisser dans l'ombre, bercés par ce ruisselant murmure qui roulait des chiffres, des chiffres, des projets, des soupirs, des rêves, des grondements et parfois un rire informe, un sanglot.

CHAPITRE III

LA RUE VANDAMME. ANATOMIE ET PHYSIOLOGIE D'UNE
MAISON DE PARIS. CE QU'ON VOIT D'UN BALCON.
CALCULS ET PROJETS. CONTAGION DES RÊVES.
DÉCOUVERTE DES MEUBLES. PREMIER MYSTÈRE
ORPHIQUE. LE BAROMÈTRE.

Les quelques scènes que je viens de retracer
forment à mon enfance un prélude nébuleux. C'est
rue Vandamme que je commence. C'est là que le
voile se fend, là que, pour la première fois, se font
entendre avec force les trompettes déchirantes de
la douleur, de la joie, de l'orgueil.

Nous disons toujours : la rue Vandamme. C'est,
en fait, impasse Vandamme que nous avons habité.
Quand ma mère était revenue, expliquant avec
lyrisme les grâces et les privilèges de cet appartement visité le matin même, père avait froncé le
sourcil.

— Jamais, disait-il, jamais je n'irai loger dans
une impasse. Quand bien même on m'offrirait toute
la maison. Une impasse! Un cul de sac!

Il avait consenti quand même à visiter l'appartement et son humeur s'était adoucie.

— C'est très agréable. Aucun doute. Mais qu'on ne parle pas d'impasse. Nous dirons la rue Vandamme.

La maison! Elle est, dans mon souvenir, comme un donjon, comme une citadelle, notre acropole : pierre de taille par-devant, rocailleuse meulière sur les hauts flancs aveugles. Assez neuve, et déjà toute poudrée de flammèches et de suie. Carrée, massive et presque seule encore de son espèce dans ce quartier fait de petites bâtisses provinciales et de masures villageoises.

Une citadelle, certes, un repaire, un creux à nous, ouvert seulement sur les nuages et les clartés du ciel parisien, un asile sacré où toutes les choses de nous, les espérances, les ambitions, les détresses, les discordes, les chimères, tous les mystères de la famille vont, pendant des années, fermenter, cuire et recuire dans une brûlante moiteur.

La porte de la rue est ouverte tout le jour. Le soir, elle se referme avec un bruit caverneux et les gens disent le mot de passe avant de trébucher sur les degrés. Dans sa partie inférieure, l'escalier est obscur, même au fort de la belle saison. Un papillon de gaz y languit. L'escalier est de bois. On a dû le cirer au début des temps et, par la suite, se contenter de le brosser à l'eau de Javel : il passe quand même trop de monde. Quand, avec le poing bien serré, on donne un coup sur la rampe, une longue vibration la saisit et s'envole jusqu'au ciel. Un enfant est mort, tout le monde sait cela, pour avoir voulu, l'imprudent, glisser le long de cette rampe, à cheval. L'escalier monte, monte, à travers des familles et des familles superposées comme des couches géologiques. On entend ici une mandoline, là un petit chien qui jappe, à droite le poitrinaire qui respire avec tant de peine. Et, déjà, c'est la grosse dame à l'éternelle chanson : « Je t'aime, comprends-tu ce mot? » Et le tap... tap... du monsieur qui travaille chez lui à des choses incompréhensibles. Et, partout, les machines à coudre et des piétinements d'enfants dans les couloirs, et des voix d'hommes et de femmes qui parlent et se querellent à propos des affaires de leur clan. Tout cela si clair à l'oreille fine et distraite du petit garçon. Tout cela très étouffé, très amorti par des murailles, des portes, des vêtements humides pendus à des clous, des épaisseurs d'air domestique dix et dix fois respiré. Et l'on sait ce que l'on mange à toutes les altitudes. L'odeur de l'oignon grimpe comme une bête le long des marches. Elle furète, rôde, s'accroche à toutes les aspérités. Elle va réveiller le vieux garçon qui travaille la nuit durant et qui se lève à trois heures. L'odeur de l'oignon! Un trou de serrure lui suffit, une fente, un nœud du bois. On dirait qu'elle fait son chemin à travers la brique et le plâtre. Mais l'odeur du hareng frit est farouche et plus puissante encore. Elle arrive, par paquets, comme une troupe d'assaut; l'odeur de l'oignon prend peur et lâche pied. L'odeur du hareng frit campera là jusqu'à demain. On ne la respire pas, on la touche. Elle est gluante et colle aux doigts.

Un étrange tremblement a saisi la bâtisse. Cela commence par les moellons enfouis sous les caves, dans les entrailles de la terre. Cela gagne, petit à petit, tout le squelette du monstre et ça se propage, ça monte. Des bouteilles grelottent contre le mur d'une cuisine. Des vitres se prennent à chanter. Ici, là, d'autres voix s'éveillent, entrent dans le chœur, une à une. Présent! Présent! Présent! voilà ce que répondent, à droite, à gauche, en haut, en bas, tous les objets inquiets dont la nature est de frémir. Le grondement s'enfle, s'exaspère. Avec une terreur jubilante, la maison tout entière salue le train hurleur qui lui passe contre le flanc, dans le lacis des rails, au nord. Le vent rabat sur nous les escadrons de la fumée. Une fine poudre de ténèbres va pleurer sur les balcons. L'odeur de la houille ardente est entrée par une imposte avec une grosse boule de vent. L'odeur des trains, comme elle est familière! Nul, ici, ne la salue plus d'une pensée, sauf le petit garçon à tablier noir qui monte l'escalier en suçant une bille.

L'escalier n'est pas désert. Des portes s'ouvrent, des ombres jaillissent. Les gens sont de trois sortes : ceux à qui l'on dit bonjour, ceux que l'on ne connaît pas, et les autres, les ennemis, ceux qu'on aimerait beaucoup mieux ne pas rencontrer.

L'escalier sort du noir. Il se purifie, marche à marche. Il s'évertue en plein ciel vers ces régions bénies où l'odeur du poireau elle-même devient agreste et balsamique. Et, tout à coup, tel un sentier abrupt qui s'épanouit enfin dans les pâturages d'un col, l'escalier triomphe et meurt au seuil d'un large palier. Ce n'est pas un palier semblable à ceux des régions basses. Il est spacieux, propre, visité d'un trait de soleil à certaines heures du soir. C'est, au faîte de l'escalier, comme la fleur au bout de la tige. O sommet! O lieu de rêve et de poésie! L'enfant aime de venir, bien que ce soit défendu, s'asseoir au bord de l'abîme, jambes flottantes dans le vide, et d'appuyer sa joue, sa bouche contre un des barreaux de la rampe, fraîche brûlure.

Sur cette clairière céleste s'ouvraient quatre appartements. L'un était vide, je ne l'ai connu que vide. Ma mère obtint, par la suite, d'y dresser la table pour la première communion de Ferdinand. Sitôt la ripaille finie et le coup de balai donné, l'appartement mystérieux fut rendu pour jamais à l'ombre, aux araignées, aux fantômes. L'appartement symétrique était occupé par le vieux ménage Courtois que, dans les premiers temps, nous apercevions à peine. Enfin les deux appartements de la façade; à droite les Wasselin, à gauche les Pasquier, nous.

Père avait demandé quatre pièces au moins : il y avait quatre pièces. Elles donnaient toutes les quatre, magnifiquement, sur la rue, et, comble d'orgueil, sur un balcon. La rue, le moignon de la rue, qui pouvait y penser d'abord? Elle était en bas, tout en bas, noyée parmi les ombres infernales. A peine la fenêtre ouverte, l'âme s'envolait sur Paris. Ce n'était pas le Paris clair et bien dessiné qu'on découvre du haut des collines illustres. C'était une immensité confuse de toits, de murs, de hangars, de réservoirs, de cheminées, de bâtiments difformes. A gauche, en se penchant, on apercevait la tour Eiffel enfouie à mi-corps dans ce chaos rocheux, et qui, lors de notre emménagement, était à peine achevée.

Le signe le plus évident de l'ordre et de l'esprit dans ce paysage incohérent, c'était le chemin de fer de l'Ouest. A peine sorti de la gare Montparnasse, alors fort resserrée, il étalait ses membres, déclarait ses emprises, tirait partout des fusées de rails, jetait à droite et à gauche des rotondes, des ateliers, des plaques tournantes, des sémaphores. Il venait, comme un torrent d'énergies furieuses, battre le flanc septentrional de notre chère maison.

Mère avait dit : « Cette fois, Raymond, tu auras une pièce pour toi tout seul. Oh! je te comprends! Comment faire un travail de tête, avec tous ces enfants qui braillent? » et papa, donc, avait une pièce que l'on appelait le cabinet de travail mais qui, en fait...

Avant de m'abandonner aux délices de notre logis, il me faut sans doute revenir un peu en arrière. Les souvenirs se présentent, une branche de myrte aux doigts, une couronne de roses au front, et, parfois, les mains vides et le front dévasté. Je les chéris, je les redoute. Faut-il, selon leur message, les repousser dans le néant ou les dédier au soleil? Oh! Comme je vais être injuste!

Ma mère avait, deux fois, dû retourner à Honfleur. Elle fit même la traversée de l'estuaire pour signer maintes paperasses chez le notaire du Havre. Elle revint un jour, tout était arrangé.

— Au fond, Ram, disait-elle, tu as raison, tu as toujours raison. Les meubles, il y en avait trop, beaucoup trop, même pour un appartement de quatre pièces. Alors, j'ai fait un choix. Et le reste on l'a vendu sur place, aux enchères. Je ne peux pas dire que ça ne m'ait pas fait gros cœur. Il y avait, là-dedans, le secrétaire de tante Victorine. Un bijou! Mais quoi! Les enfants n'en auraient fait qu'une bouchée. La vente n'a pas été mauvaise. Tu ne me demandes pas combien j'en ai tiré?

Mon père souriait, énigmatique. Ma mère lui dit deux mots à l'oreille, et père souriait encore. Ma mère tira de son corsage une petite enveloppe. Papa la saisit au vol, avec légèreté, comme il eût fait d'un papillon. Il disait : « Je pose zéro et je retiens tout. » Maman, saisie, le souffle un peu coupé, murmurait : « Fais bien attention, Ram. » Alors, mon père :

— Oh! il n'y a pas de quoi entretenir une danseuse.

— Raymond, voilà bien de ces plaisanteries que je n'aime pas.

Mon père se livrait à de rapides supputations.

— Nous en avons pour quatre mois, cinq mois peut-être.

— Attends, Ram. Avec les deux premiers trimestres de rente, avec ce que tu as chez Cleiss, nous
irons jusqu'au mois d'octobre. Tu pourras bien tranquillement travailler tes examens.

— En admettant, disait papa, que les démarches
du notaire prennent six mois, ce qui est un grand
maximum, eh bien, nous pouvons attendre six mois.
Il y a le déménagement. As-tu pensé au déménagement?

— Oui, disait maman, l'œil soudain fixe. J'ai fait
tous les comptes, dans ma tête, en chemin de fer;
j'ai compté le déménagement, et deux termes, et la
traite Vadier...

— Quelle traite?

— La traite que tu as signée le 15 janvier.

— C'est bien possible. Et c'est tout?

— Non. Il faut habiller tous les enfants. J'ai fait
les comptes aussi. Je vais t'expliquer, Raymond.

Mon père poussait de longs soupirs.

— Et je pensais qu'on allait avoir un peu d'argent
devant soi.

— Mais on en a, Ram. On en aura. Songe : quarante mille francs au mois d'octobre si nous vendons
tous les titres, bien entendu. On en fait des choses,
avec quarante mille francs! Des années de tranquillité assurées. Tes examens passés. Des études pour
Joseph et même pour Ferdinand s'il y prend goût.
Et peut-être des vacances à la campagne. Si Nesles
ne te dit rien, on irait ailleurs. Pas cette année, bien
sûr! Quand on aura reçu les nouvelles du Havre.

Mon père faisait, des épaules, un geste vague.

— Pas trop de projets. Te voilà partie, encore une
fois.

Maman s'arrêtait, stupéfaite, un fil de cristal entre
ses lèvres écartées. L'éternel jeu reprenait flamme,

51

ce jeu que j'ai si bien compris plus tard. Maman était la moins chimérique des créatures. Elle était pétrie de prudence et de crainte. Mais un mot de papa la faisait rêver. Qui croire, grand Dieu! si l'on ne croit pas cet homme extraordinaire? Et mère, un mot de papa dans le cœur, s'envolait. Père avait le rêve plus furtif. Le mot lâché, il considérait avec surprise, avec agacement, l'essor de cette âme confiante. Il répétait :

— Pas trop de projets! Mettons que nous sommes parés jusqu'au mois d'octobre. Voir clair un peu devant soi, c'est déjà quelque chose. Occupe-toi de l'appartement.

Ma mère s'était mise en campagne. Et elle avait trouvé la rue Vandamme. Il y avait eu maints pourparlers mystérieux et, un jour, maman avait dit :

— Les meubles sont arrivés.

Alors, papa :

— On y conduira les enfants demain.

Nous restions muets de contentement et de gratitude.

Le lendemain, tout nous avait transportés. La maison, l'escalier, l'appartement, certes, le balcon, l'énorme lambeau de ciel gris, et surtout, les meubles inconnus, tous ces trésors solides et brillants qui allaient être à nous, qui étaient à nous.

— Ici, disait maman, tu pourras travailler tranquille, à condition, bien entendu, de fermer ta porte. Tu n'auras plus besoin d'aller dans les bibliothèques.

Joseph poussait un cri :

— Un piano. Il y a un piano!

Il avait soulevé le couvercle sous lequel on lisait en lettres d'or : « Hirschauer, fournisseur de la cour impériale. » Et, déjà, il posait sa main sur le clavier comme sur une bête inconnue, avec un peu de crainte.

52

Alors, une chose étonnante... La petite Cécile, la petite souris, venait de se glisser entre nos jambes. Et, tout de suite, elle s'était assise sur le tabouret de satin à fleurs. Avec un doigt replié, elle frappait les touches. Le piano rendait des sons très mystérieux, très beaux. Cécile s'était mise à chanter un de ses airs. Et nous ne savions plus si le chant venait du piano ou de la gorge enfantine.

— Oh! dit maman. Celle-là, c'est une musicienne. Je l'ai toujours dit. Elle portera bien son nom.

Nous nous étions assis, tous, de-ci de-là, sur les sièges empoussiérés par le voyage. Papa disait : « Joue-nous donc cet air de ta mère. Tu sais : *Marie Leczinska...* »

Cécile chantait, jouait, je ne sais trop, comme saisie d'inspiration. Sa main voltigeuse faisait sourdre du vieux meuble perclus des accents célestes. Comme elle avait l'air à son aise! Comme elle semblait dire : « C'est un piano, mon piano. Je sais ce que c'est. J'ai toujours su ce que c'était... » Père tirait sur sa longue moustache, l'air ému, le bleu de ses yeux voilé, pâlissant. Et ce qui nous remuait le plus, c'était moins encore d'assister à la naissance de l'harmonie souveraine que de voir le moqueur, l'homme insaisissable, l'irréductible, gagné par l'enchantement, tout prêt à demander merci.

Et l'enchantement prit fin. Papa secoua la tête et se remit à sourire. Il disait : « Voyons le reste. »

Le reste était royal. Il y avait une bibliothèque garnie de livres, une vitrine pour des assiettes de faïence, un buffet d'acajou, une commode couverte d'une plaque de marbre pie. Nous touchions toutes ces merveilles, nous aurions voulu les embrasser. Joseph, haletant, nous expliquait le secret suprême :

— Une chose qui est à toi, vraiment à toi, tu peux

tout, tout, même la manger, même la casser. Tout.

Il y avait, dans leurs cadres ouvragés, des gravures qui, si longtemps, ont servi d'asile à mes rêves. Il y avait deux grands lits de bois, majestueux comme des navires, et entre bien d'autres choses, un monumental baromètre à mercure. Les déménageurs l'avaient couché, pour le transport. Une grosse perle liquide était tombée sur le parquet. Quand nous voulûmes la saisir, elle s'enfuit, comme une bête vivante.

Vingt fois, dans la suite des temps, le grand baromètre a voyagé de gîte en gîte. Vingt fois les déménageurs l'ont couché dans la paille avec des précautions pataudes. Il a dû, vingt fois, saigner ses grosses gouttes de mercure. Il existe encore et continue de marquer la pluie, l'orage et le beau temps, comme tous les autres baromètres, avec une sauvage indifférence.

CHAPITRE IV

PATRONS, COUPE ET COUTURE. ORIGINE D'UN CARAC-
TÈRE HÉRÉDITAIRE. ENTRETIEN SUR LES TESTA-
MENTS ET LES TESTATEURS. CULTE DU DICTION-
NAIRE. COMMENT S'EMPÊCHER DE DORMIR. UNE
PROMENADE. UN REPAS AU RESTAURANT.

Nous fûmes tous habillés de neuf. Grande affaire
et qui mit en état de siège l'appartement à peine
installé. En général, Ferdinand reprenait les habits
de Joseph, et les habits de Ferdinand, lavés, reprisés, pliés, attendaient dans un tiroir que je fusse en
âge de leur donner le coup de grâce. Mais maman
voulait que notre début rue Vandamme fût considéré comme une date capitale et nous reçûmes tous
des vêtements neufs.

— Oh! disait-elle, je ne jette pas les vieux. Tu sais
bien que je ne jette rien. J'ai fait mes comptes.
Avec ce que tu me donnes, ils auront aussi du linge.
Pour les chaussures, je dépasserai peut-être un peu
ce que tu me donnes.

— Attention, Lucie!

— Il faut absolument aller jusqu'aux chaussures
pendant qu'on le peut. Je suis raisonnable, Ray-

mond. Mais, pour ça, tant pis! Au bout, le bout! Que les enfants soient propres pour commencer. Je m'arrangerai. Ne te tourmente pas.

Elle partit en expédition dans ces mystérieux « magasins » où les personnes prédestinées parviennent, à travers mille tentations, à dénicher exactement ce qu'elles souhaitent, et à des prix plus avantageux qu'on n'oserait l'espérer. Notre nouvelle salle à manger fut transformée, comme l'ancienne, en atelier de couture et maman commença de rêver sur des patrons de papier gris. Elle avait l'air d'un général qui consulte ses cartes et combine une bataille. De gros ciseaux en main, elle, si vive, réfléchissait longuement avant de tailler à même l'étoffe. Parfois, elle nous criait : « Taisez-vous une minute, mes enfants, que je voie clair. » Nous faisions silence, frappés par la gravité de son accent, de son geste. Et, soudain, avec un bruit crissant et glouton, les ciseaux mordaient le drap.

Joseph devait recevoir un complet de jeune homme, avec, pour la première fois, un pantalon long. Il se montrait plein d'exigence, ne quittait plus maman d'une ligne, car les vacances de Pâques étaient venues. Il réclamait opiniâtrement des revers à la mode, des boutons de fantaisie, des poches innombrables. Maman disait : « Sois tranquille, ce sera comme chez le tailleur. »

Elle savait tout faire : couper les vêtements d'homme, faufiler, piquer, broder, tricoter, passer à la teinture, laver, repasser. Quoi donc encore? Eh! tout, dis-je.

Joseph, rassuré, s'asseyait sur un petit banc et surveillait mère, en dessous, comme un chat dont on prépare la pitance. Ferdinand, dans un coin, s'acharnait à quelque lecture. Cécile et moi, nous organisions notre royaume, sous la table. Parfois, dans le calme du jour, un coup de sonnette retentissait. Père ne devait rentrer qu'au soir, toute la couvée pépiait à l'entour, qui donc venait troubler la paix du nid? Maman portait la main à son cœur. « Oh! disait-elle, cette sonnette me tourne le sang. Qu'est-ce qu'on nous veut? Va voir, Ferdinand! Non, Cécile! Non! Ah! je finirai bien par trouver. C'est Joseph que je veux dire. » Joseph se levait. Une bouffée d'air étranger entrait dans notre monde. C'était une lettre. « Donne! criait maman. Peut-être une lettre du Havre... » C'était une lettre de quelque fournisseur. Le silence, un moment troublé, reprenait son vol, plus tendre et plus grave.

— Maman, disait Joseph, quand la sonnette a sonné, ton menton s'est mis à trembler. Qu'est-ce que ça veut dire?

Pour la sixième fois, maman racontait l'histoire :

— Mes enfants, c'est de famille, mais ça n'a pas toujours été. Ça nous est venu par mon grand-père paternel, Guillaume. Oui, Guillaume Delahaie. Il est mort comme j'étais encore toute petite. On m'a tout raconté. Il avait été soldat pendant les guerres de l'Empire. Pas notre empire à nous, l'autre, le grand. Il avait servi sous Ney, le maréchal, qui le connaissait bien. Quand l'Empire est tombé pour la seconde fois et que le pauvre Ney a été fusillé, votre arrière-grand-père s'est trouvé, par malheur et misère, dans le peloton d'exécution. Le maréchal Ney l'a reconnu et lui a dit : « Tire donc, Guillaume! N'aie pas peur. » Mes enfants, votre aïeul s'est mis à trembler du menton, tant il était bouleversé. Et il a tremblé du menton tout le reste de sa vie, pour un oui, pour un non. Et les enfants qu'il a eus, par la suite, ont tremblé du menton, ce qui ne s'était jamais vu dans la famille. Mon père, tout le monde me l'a dit, tremblait du menton quand il était en colère. Mon oncle Prosper tremblait aussi, dans les grandes circonstances. Moi, je tremble du menton, comme ça, malgré moi. Pour vous, on ne sait pas encore. Mais je crois que Laurent tremblera. C'est peut-être un Delahaie, bien qu'il ait des yeux Pasquier...

Mes frères et sœurs me regardaient avec un intérêt renouvelé. Je rougissais d'orgueil et j'essayais, mais en vain, de trembler du menton.

Mère se reprenait à chanter. Parfois, elle faisait, à la cantonade, quelque confidence pensive touchant son travail. Elle disait : « Je vais bâtir. » Je savais bien qu'elle allait prendre une aiguillée de fil et coudre à grands points. J'avais toutefois le temps d'imaginer qu'elle pouvait, par magie, faire surgir de la table des murailles, des palais, des tours.

Parfois, une querelle s'enflammait parmi nous, les petits. Nous nous mettions à larmoyer, à ressasser nos griefs. Avec son dé, maman frappait deux ou trois coups sur la table. Elle grondait : « Ah! Bourdon de Notre-Dame! » ce qui nous faisait rire. Parfois, la querelle expirait en radotages, en revendications rabâcheuses. Ma mère, alors, hochait la tête et disait, l'air fâché : « Ah! Colonel! »

Papa, le plus souvent, rentrait pour dîner. Il portait une cravate lavallière, un complet neuf, une serviette bourrée de livres sous le bras. Nous lui disions : « Tu as l'air d'un écolier. » Et cette remarque le faisait sourire. Il posait sa serviette et disait :

— Rien du Havre?

— Tu sais bien, répondait maman, qu'il faut compter au moins quatre mois.

— Je sais, mais ça pourrait venir plus tôt. Une

chance! Quelquefois, ces affaires-là se décident tout à coup.

— Prends patience, Ram.

— Oh! la patience, j'en ai de reste. Le fâcheux c'est de laisser passer les occasions.

— Quelles occasions?

— On m'a parlé, aujourd'hui... Je peux te dire qui : c'est Markovitch, le beau-frère de Cleiss. Il m'a parlé d'une affaire extraordinaire. Un placement. Mais songe un peu, Lucie : douze pour cent! Et tout ce qu'il y a de sûr. Les titres de Mme Delahaie, je veux dire ceux qui sont déposés chez le notaire jusqu'à l'arrivée des nouvelles d'Amérique, ces titres-là, qu'est-ce que ça peut rapporter, je te le demande? Du trois. Pas plus. Peut-être moins. Les Delahaie étaient des gagne-petit, des gens qui ne voyaient pas plus loin que le bout de leur nez.

— Raymond! Raymond!

— C'est fini, ne t'inquiète pas. Je n'en dirai pas plus. Cet argent, nous ne l'avons pas demandé : nous n'y pensions même pas. Et voilà qu'ils l'ont pendu devant notre nez comme un bonbon à une ficelle. Quelle humiliation!

— Que veux-tu, Ram? C'étaient des gens prudents.

— Je déteste les prudents.

— Des gens raisonnables, je t'assure... Tu sais bien, Ram, que je leur donne tort. Mais laissons-les dormir en paix.

Papa grondait, une minute, comme un grand félin courroucé. Nous ne savions plus où nous cacher, dans la crainte d'une colère.

L'orage s'éloignait. Papa se reprenait à sourire bleu clair. Nous étions soulagés et, dans le secret de notre cœur, un peu déçus, frustrés d'un spectacle grand et magnifique, d'une somptueuse et terrible manifestation de force.

La voix même de l'innocence, Ferdinand murmurait alors :

— Qu'est-ce que ça veut dire : apicole?

Papa répondait, d'une voix nette, précise. Nous n'étions pas étonnés : c'était sa fonction. Il savait tout et l'expliquait clairement. Il était notre vivant lexique. J'ai compris, par la suite, qu'il avait fait un effort immense et naïf pour apprendre les mots et leur sens et que, dans ses calculs, c'était bien là le commencement de tout, l'échelon initial, le premier grade nécessaire à l'ascension d'une tribu.

Parfois, l'explication donnée, père disait : « Vérifions! » Il ouvrait, sur la table, un tome pesant du dictionnaire de Littré. Tous ceux qui savaient lire venaient se grouper autour de cette bible. Maman s'affolait : « Attention aux épingles! Attention à mes bâtis! » Alors, père commençait à lire. Maman cessait de se plaindre et toute la famille écoutait, religieusement.

Pendant le dîner, papa revenait sur la querelle, mais pour en sourire.

— Cet argent des Delahaie, nous ne l'avons pas demandé.

— Oh! bien évidemment, affirmait maman.

— Si nous le touchons jamais, nous le dépenserons sans honte. Et rien ne m'empêchera de dire et de redire que ces Delahaie étaient des pantoufles.

— Mais, bredouillait maman, nous le toucherons sûrement. Tu dis « si », « si »... Maintenant, maintenant, nous sommes bien obligés de compter avec. Que ferions-nous sans?

Le dîner fini, nous allions au lit. La machine à coudre ronflait et père se mettait au travail. Il avait, sans doute par dévotion pour Balzac, ce que j'ai deviné plus tard, déniché dans une friperie une ample robe de bure. Il s'en vêtait, moitié par jeu, moitié pour conjurer le froid de la nuit. Je couchais encore avec ma mère et l'on faisait un lit pour Cécile sur le canapé du « cabinet de travail ». C'était le nouvel arrangement. Souvent, dans la nuit, Cécile incommodée par la lumière se mettait à rêver tout haut. Papa la prenait et la portait dans le lit de maman. Il m'enlevait, en échange, et venait me déposer sur le canapé de Cécile. Le plus souvent, cette opération ne nous réveillait point et c'était, au matin, grande surprise. D'autres fois, tiré de l'abîme, j'ouvrais les yeux et regardais. Assis dans un petit fauteuil à dossier bref, papa travaillait. Je le voyais tantôt de profil et tantôt de trois quarts. Une lampe à pétrole éclairait la table. Certains soirs, père écrivait des choses qu'on appelait « les articles pour Cleiss ». A d'autres moments, il lisait, plume en main. Il remuait les lèvres, comme un écolier qui répète une leçon. Parfois, je voyais sa tête se pencher, se pencher, glisser vers sa poitrine. Alors il faisait une chose étonnante : il mettait son poignet au-dessus du verre de lampe et le tenait là longtemps. Une odeur de poil grillé se répandait dans la pièce. Parfois, il tirait de sa poche un canif à manche de nacre et, pour conjurer le sommeil, il se donnait des coups de pointe sur le dos de la main gauche. Il avait, le lendemain, la main rouge et gonflée. Mère le regardait en hochant la tête avec reproche.

J'allais enfin retomber au sommeil quand, à travers l'ombre, arrivait, du fond de l'appartement, un léger « hum! hum! ».

Papa criait, à voix basse :

— Comment, Lucie, tu ne dors pas!

Et la voix de maman, lointaine :

— Non. Je fais mes comptes.

Elle ajoutait, sur le même ton :

— Le combien du mois sommes-nous?

— Le 19.

— Seulement le 19, Seigneur!

Je ne devais pas tarder à comprendre que, pour les femmes de cette sorte, vivre, c'est se hâter d'arriver à la fin du mois sans avoir beaucoup dépensé, sans avoir entendu le terrible appel du sphinx.

Je l'ai dit, nous étions dans le moment de Pâques. Ces vacances furent marquées par deux faits mémorables. Nous allâmes, un jour, les trois grands, Joseph, Ferdinand et moi, faire avec père une promenade à la campagne. En suivant la rue Vercingétorix, on sortait bientôt de Paris. Il suffisait alors de longer le chemin de fer de l'Ouest pour gagner Meudon et les bois. La banlieue se pâmait sous un printemps léger, bien fait pour donner le vertige à de petits citadins. En arrivant en vue du bois, nous rencontrâmes un sentier gardé par un écriteau sur lequel on pouvait lire : « Passage interdit. » Ferdinand, premier de la bande, s'était arrêté, là-devant, comme au pied d'une muraille.

— On ne peut pas aller plus loin, cria-t-il.

Papa souriait, l'air moqueur. Il étendit la main, toucha l'écriteau dont le bois était vermoulu, et, soudain, l'arracha puis le lança très loin, dans une fondrière.

— Voilà, dit-il, en souriant. Le passage n'est plus interdit. Avancez, mes garçons.

Je restais en arrière, clignant des paupières, troublé jusqu'au fond de l'âme.

L'autre événement fut un repas au restaurant. Nous avions fait des courses tout le jour. Papa dit :

— Rien n'est prêt, à la maison. Nous irons manger au restaurant.

— Raymond, dit maman, c'est une folie.

Et papa :

— On verra bien!

Le restaurant était presque désert et la salle, peinte en vert d'eau, traversée par un énorme tuyau de poêle.

Maman disait :

— Ça me surprend toujours de manger des aliments que je n'ai pas préparés moi-même.

Nous trouvions tout délicieux et, surtout, de goût étrange.

— C'est un restaurant très chic, murmura Joseph en se rengorgeant.

— Mais non, fit papa, lointain. C'est un restaurant de quatre sous.

Notre grande joie tomba. Maman murmurait :

— Il ne fallait pas le leur dire. Ils ne s'en seraient pas aperçus.

Nous revînmes à pied rue Vandamme. Les vacances étaient finies. Une vie nouvelle devait commencer le lendemain. Nous en causions tous en chœur et papa daignait se mêler à nos propos. Joseph allait entrer au cours complémentaire de la rue Blomet. Nous étions, Ferdinand et moi, casés à l'école de la rue Desprez où l'on nous acceptait pour au moins la fin du semestre. Cécile devait prendre des leçons de musique chez une amie de Mlle Bailleul. Des mois heureux s'annonçaient pour tous. O douce vie! O le plus bel été de mon enfance! Comme le navire bien lesté, bien gréé, bien pourvu, se confiait allégrement à la faveur des brises!

CHAPITRE V

Mère m'embrassa trois ou quatre fois pour me
donner courage. Elle me serrait très fort, humait à
petits coups mes cheveux et faisait entendre un
léger ronron, comme les gourmets quand ils mangent
quelque chose de fin.

Puis maman, d'un coup d'œil, inspecta mon équi-
pement : le tablier de cheviotte noire, le grand béret,
la pèlerine à capuchon, mon cartable neuf.

— Ça va bien, dit-elle. Ferdinand est prêt. Vous
allez partir. J'ai vu le directeur. On vous attend
là-bas. Désiré Wasselin vous conduira. Il est de ta
classe, Laurent, et c'est déjà presque un petit homme.

Désiré nous attendait sur le palier, car nous habitions porte à porte. Il avait l'âge de Ferdinand,
trois ans de plus que moi, pas davantage; mais
c'était un colosse. De larges pieds, de grosses mains
toujours moites, une tête globuleuse, bossuée, avec

des yeux noirs, enfouis, au regard désolé. Il devait être laid pour les étrangers, et pourtant il me plut, tout de suite, il me toucha le cœur. Je lui pris la main avec beaucoup de confiance et d'élan. Sa mère était debout contre leur porte. Je la vis à peine, ce matin-là. C'était une personne au visage flétri, assez belle encore, malgré sa mise négligée.

— Votre fils a l'air si doux! disait maman.

Et Mme Wasselin répondait d'une voix rauque :

— C'est un ange, un ange! Et pas vicieux comme les autres.

Nous descendions cependant l'escalier. Je me sentais soulevé d'une gratitude exquise pour ce fort garçon dont la patte chaude serrait mes doigts. Ferdinand trottait derrière nous, avec cet air un peu égaré que lui donnait, que lui donne toujours sa myopie. Il dit, à un certain moment :

— Tu es plus grand que moi, Désiré. Et tu es seulement dans la classe de Laurent?

— Oh! moi, répliqua Désiré, moi, je suis un mauvais élève.

Ferdinand gloussa doucement. Cette confidence l'étonnait. Il était lui-même considéré comme un élève médiocre et mal doué; mais il travaillait et il en tirait orgueil, car il ne pouvait, dès cet âge enfantin, concevoir qu'un effort grand et douloureux dût, en bonne justice, demeurer stérile.

Comme nous cheminions dans le brouhaha matinal, il harcelait Désiré de questions :

— Tu ne travailles pas?

Désiré secoua la tête.

— Non.

— Tu n'aimes pas ça?

— Non.

— Tu ne comprends pas ce qu'il y a dans tes livres?

— Si.

— Alors? fit Ferdinand stupéfait.

Désiré hochait lentement sa grosse tête.

— Ça ne m'intéresse pas.

— Ah! Et qu'est-ce qui t'intéresse, toi? Rien?

— Si.

— Quoi?

— Des choses, des choses...

Désiré rougit très fort et ne dit plus rien. Les gros camions du chemin de fer de l'Ouest, tirés par des percherons satinés, ébranlaient le pavage. Nous arrivions rue Desprez.

La cour fourmillait d'enfants dont les cris me terrifièrent, ignorant que j'étais encore de l'école et de ses coutumes. Un gringalet grimaçant s'approcha de moi, saisit mon béret et prit la fuite. J'étais perdu. Désiré, sans bouger, fit alors entendre une voix énorme et brutale. Il criait, comme pour appeler un chien :

— Ici, Gabourin! Ici!

Le gringalet revenait, l'air soumis, presque rampant. Il tendit le béret en prenant maintes précautions pour ne pas recevoir une torgnole. Désiré grondait :

— Va-t'en!

— Toi, tu es fort, soupira Ferdinand, soudain respectueux.

Presque à voix basse, Désiré Wasselin répondit :

— Oui.

Puis il nous entraîna vers un gros homme à barbiche blanche et fit le salut militaire, avant de nous présenter.

— Monsieur le directeur, voilà les petits Pasquier.

— Bien, dit le gros homme. Charge-toi du plus jeune. Je vais m'occuper de l'autre.

Là-dessus, le directeur introduisit un sifflet d'étain entre les poils de sa barbe et, gonflant ses joues, siffla.

Était-ce le sifflet du magister? N'était-ce pas plutôt le buccin de l'archange? Comme par magie, les centaines d'enfants qui remplissaient la cour, s'arrêtant de courir et de crier, demeurèrent pétrifiés à l'endroit même où l'appel les avait surpris. Un silence prodigieux remplit l'espace et l'on entendit, au lointain, un charretier qui sacrait, derrière l'écran des maisons, et faisait claquer son fouet.

Un second coup de sifflet, et la foule enfantine commença de marquer le pas, frappant le sol de la cour, en cadence, avec une énergie farouche. Troisième coup de sifflet et chacun des danseurs de cet étrange ballet, orienté subitement, se mit en route, en vertu d'une harmonie préétablie, vers certains points de la cour qui semblaient agir comme des pôles d'attraction. Les différentes classes se groupaient en longues files doubles. Désiré me reprit la main et me conduisit à ma place. J'y parvins comme la cérémonie changeait de tour. Les enfants, ivres de mouvement et de jeu, semblaient encore trop loin du calme. Un coup de sifflet retentit et la cour entière chanta. C'était un chœur à l'unisson, tout fait de voix acides et chancelantes. Pourtant le charme se développait. Les visages, détergés, prenaient, petit à petit, une expression placide. La musique accomplissait son prodige naïf et l'on oubliait qui son mal de dents, qui la colère matinale d'un papa, qui l'embuscade et la bataille au coin de la rue de l'Ouest, qui son ventre creux, qui ses galoches percées. L'une après l'autre, les cohortes se mirent en marche. Elles abordaient en chantant l'escalier qui se divise à mi-course; les unes tournaient à droite, les autres à gauche. Et les coups de sifflet, maintenant pressés, scandaient le heurt des souliers sur les degrés de bois.

J'allais, saisi, écœuré, enivré pour la première fois par l'odeur de l'école, par cette odeur d'humanité misérable, de cendre refroidie, de paperasse, de colle, d'encre, de nourriture et d'eau de Javel, cette odeur dont la seule pensée suffit encore aujourd'hui pour me plonger dans un abîme de tendre tristesse.

Je me dépouillai de ma pèlerine, dans le couloir, comme les autres élèves et je pénétrai, battant des cils, dans le jour blanc bleu de la classe. Le maître venait de s'asseoir en chaire. C'était un personnage vraiment majestueux. Il portait les cheveux rejetés en arrière, une large barbe grisonnante suspendue à des joues massives. Que je l'évoque, et j'entrevois tantôt un tribun populaire, tantôt une statue de fleuve et tantôt encore le Père éternel des images. La voix était à la mesure de cette noble carcasse : un tonnerre familier qui roulait sur nos têtes et s'allait perdre, au-delà des murailles, dans les profondeurs de la forêt parisienne. J'appris un peu plus tard qu'il s'appelait M. Joliclerc. Il fallait à tout le moins ce nom charmant pour ramener le personnage au respect de l'échelle humaine.

Que M. Joliclerc existe encore, voilà ce dont, hélas! m'incline à douter l'arithmétique élémentaire dont si bienveillamment il nous expliquait les préceptes. C'est donc à sa mémoire qu'il me plaît de rendre hommage. Il m'a, dès mes premiers pas dans la bataille, donné, de l'autorité, une image à la fois forte et supportable. Merveille! Supportable est faible. Mettons plaisante et mettons chère. Si, par la suite, beaucoup plus tard, dans le grand débat intérieur que j'ai dû soutenir et qu'il me faudra sans doute raconter, si donc, mis sans cesse en demeure de choisir entre les doctrines de force et les vertus de persuasion, si j'ai pu conserver une position raisonnable, je le dois tant à ma nature que sans doute aux enseignements d'un honnête maître d'école qui faisait avec bonheur et bonhomie bien des choses que je tiens pour les plus difficiles du monde.

La journée commença par une leçon de calcul, science dont je n'avais pas le goût, mais le respect, car maman y faisait chaque jour des invocations soucieuses. Nous devions étudier la division à un chiffre. Plusieurs de ces petites opérations étaient écrites au tableau. Les élèves, à tour de rôle, se levaient, croisaient les bras, et donnaient, des signes exposés, l'interprétation rituelle. « En vingt-huit combien de fois cinq?... Cela signifie que, si j'ai vingt-huit billes à partager... » Chaque élève devait, de lui-même, changer l'exemple. Vint le tour de mon ami Désiré Wasselin. Il croisa les bras, fronça les sourcils et commença : « En trente-sept combien de fois sept... » Il parlait lentement, avec peine, sa grosse tête inclinée de côté, l'air lointain, abandonné. Il était fort en retard dans ses études et le plus âgé de la classe. Il choisit pour exemple les cerises et ne se tira pas trop mal de sa chantante récitation. « ... Cela signifie que mes camarades recevront chacun cinq cerises et qu'il ne m'en restera que deux. » Toute la classe dressa l'oreille. La phrase normale était : « Il m'en restera deux. » Il y eut un silence et Désiré poursuivit d'une voix funèbre : « Mais ça m'est bien égal. » M. Joliclerc levait les bras au ciel. Il renversait la tête en arrière, avec un air d'embarras comique. Nous apercevions les trous de son nez et sa bouche noire, pleine de chicots. Il dit : « Toujours martyr, alors, mon pauvre

69

Wasselin? Allons, rassieds-toi. Tu auras quand même une bonne note. » Et Désiré se rassit, l'air sombre.

C'était le tour de Gabourin, le chenapan qui m'avait dérobé mon béret. Il avait une mine de rat audacieux. Il prit les fraises pour exemple et termina son couplet d'une voix si réticente que M. Joliclerc s'écria : « Des fraises, oui! Il t'en reste cinq. Lesquelles prends-tu? » Gabourin rattrapa, sur le bord de sa lèvre, une grosse goutte de salive et répondit : « Les plus grosses. » M. Joliclerc se prit à rire. La classe, émue, bruissait. Pour la première fois s'affrontaient à mon regard les notions ennemies de qualité et de quantité.

Après la leçon de calcul vint une leçon de choses. J'eus la chance d'être interrogé, mais la douleur de faire une mauvaise réponse. « De quelle couleur est le vin? » demandait M. Joliclerc. « Combien connais-sez-vous de sortes de vin, quant à la couleur? » Tous les doigts se tendaient, impatients d'un succès facile. « Toi, dit le maître, toi, le nouveau! Qu'au moins on entende ta voix. » Je me levai en tremblant. « Il y a deux sortes de vin : le blanc et le noir. » La classe entière protesta : « Le blanc et le rouge! Le rouge, m'sieu! »

C'étaient des enfants de manouvriers. Ami, ennemi, nourriture et poison, le vin était mêlé sans cesse aux pensées, aux effusions et aux chamailles de leurs familles. Pouvais-je expliquer au bon maître que je ne connaissais pas le vin, que chez nous jamais nous ne buvions de vin, que mon père brassait lui-même dans une futaille, à la cave, une boisson économique tantôt écumante et légère, tantôt inerte et douce-reuse? Je me rassis plein de honte.

La récréation tout entière s'écoula dans cette dis-grâce. Nous nous étions réfugiés, Désiré Wasselin et moi, dans un angle de la cour, en marge des tourbillons. Je lui disais, dans l'espoir de dissiper les nuages accumulés sur son front : « Tu as très bien récité ta division. » Et il répondait, le regard noir : « Oui. Et tu vois, pour finir, j'ai encore dit quelque chose qu'il ne fallait pas dire. Je me demande pourquoi. »

CHAPITRE VI

L'AMITIÉ, PASSION MINEURE. HÉROÏSME DE MON
CHER DÉSIRÉ. LE SACRISTAIN PATIBULAIRE. GRANDE
SCÈNE DE LA MALÉDICTION PATERNELLE. CRI DE
GUERRE DE M. WASSELIN. DIALOGUE DE L'EM-
PLOYEUR ET DE L'EMPLOYÉ. ONYCHOPHAGIE. LE
POULET D'HONNEUR ET LE VIN EUCHARISTIQUE.
DEUX VERS DE LAMARTINE. VUES SUR L'ADULTÈRE.

Mon père, comme tous les hommes dont la vie
est gouvernée par des passions exigeantes et précises,
passions que j'ai découvertes jour à jour, dont j'ai
cruellement souffert et que je ne manquerai pas de
peindre, si le temps m'en est donné, mon père ne
se gaspillait guère en émotions accessoires. Il n'a ni
recherché ni connu l'amitié que, bien à tort, il devait
juger passion mineure. Il a souffert en outre d'une
longue discordance entre ses aspirations et la médio-
crité des milieux dans lesquels il lui fallait se débattre.
Donc, point d'amis véritables : des « connaissances »,
des relations, des voisins. Je n'ai pas à mentionner
les compagnons de travail : mon père a toujours
travaillé seul, conduit, éperonné par une ambition
trop opiniâtre pour se découvrir des semblables et

signer des alliances. Ma mère, toute à son fardeau, toute à la fièvre sacrée de ses devoirs, n'imaginait le monde, hormis les enfants et l'époux, que peuplé de fantômes inquiétants dont il était quand même préférable de se concilier les bonnes grâces. C'est donc sur nos pas enfantins que la divine amitié fit son entrée dans la maison.

Je ne peux dire que Désiré Wasselin devint mon ami : le verbe devenir suppose un développement, un progrès. Or, dès la première minute, Désiré fut un ami total, accompli, l'ami par excellence. J'ai rencontré, chéri, depuis, des amitiés magnifiques dont certaines sont encore l'ornement de mes jours; nulle ne m'a donné plus de joie, d'orgueil et de souci que celle de Désiré le mauvais élève, Désiré le douloureux.

Il commença par me sauver la vie, ou presque. C'est un épisode légendaire que dix imaginations fécondes ont, pendant longtemps, nourri, car la langue nous est donnée pour inventer l'héroïsme sans lequel vivre nous serait à mépris.

Nous revenions de l'école, un jour du mois de mai. Maman, comme de coutume, nous guettait, du haut du balcon, là-haut, tout en haut, dans le ciel. Ferdinand venait déjà de s'engager sous la porte et moi je musais encore au coin de la rue, faisant valser mon cartable à bout de bras et chantonnant, quand un chien inconnu, un chien étranger à notre monde, exaspéré par mon manège, me sauta férocement à la poitrine et me renversa par terre. J'en étais encore à comprendre et, déjà, Désiré se ruait sur la bête. Il l'avait saisie par le col et tel Hercule enfant étranglant un monstre, il serrait, les veines du front tuméfiées par l'effort. Maman, penchée sur le balcon, emplissait l'espace d'appels dramatiques. Un charretier mit la bête en fuite. Désiré Wasselin avait été mordu en deux places, à la main et au poignet. Pâle et sanglant, qu'il me parut admirable! Il me prit dans ses bras, encore que je fusse sain et sauf, et m'emporta dans l'escalier. Toute la maison parut aux portes. Maman pleurait à chaudes larmes en pansant mon sauveteur avec du beurre frais et cette bonne charpie dont elle avait toujours une petite provision.

A compter de ce jour, Désiré Wasselin eut, à toute heure, ses entrées dans notre logis. Il arrivait souvent pendant le repas et s'installait sur un tabouret, le plus loin possible de la table, l'air non point honteux, mais secret et mélancolique. Je lui disais : « Viens plus près, Désiré. Viens près de moi! » Il refusait obstinément, ce qui m'était incompréhensible, puisqu'il ne craignait pas d'approcher quand j'étais seul. Je finis par savoir que Joseph, qui n'aimait pas mon ami, avait un jour, à voix sifflante, exprimé cette opinion « que le nommé Désiré ne devait pas se laver les pieds trop souvent et qu'on s'en apercevait... ». Le pauvre Désiré avait dû surprendre cette phrase cruelle et en concevoir d'incurables tristesses. Il venait quand même à la maison, car il m'aimait, car il avait aussi, je pense, maintes raisons de fuir son foyer.

A plus de quarante années de distance, le ménage Wasselin m'apparaît comme un couple de cabotins jouant leur vie à la façon d'une pièce tragi-comique.

Grand, non pas grêle, mais plutôt efflanqué, le visage complètement ras, ce qu'on ne voyait, en ce temps-là, qu'aux prêtres et aux acteurs, M. Wasselin avait l'allure et les façons d'un « sacristain patibulaire ». L'expression est de papa.

Les premiers jours nous l'avions, sans le connaître,

74

dès avant que de l'avoir vu, surnommé M. Prrrt, à cause de cet appel désinvolte qu'il lançait, pour avertir les siens, en faisant rouler l'air entre sa langue et son palais. Parvenait-il à l'angle de la rue, il n'abordait pas la maison sans lancer un prrrt vigoureux. Partait-il au travail, nouveau prrrt, strident comme un sifflet de machine, sans doute en signe d'adieu. Gravissait-il l'escalier sonore, prrrt et encore prrrt. Et, le matin, au lit, pour éveiller sa femme et ses enfants, c'étaient encore des prrt à percer les murailles.

Les murailles de notre chère maison n'offraient pas au bruit, faut-il le dire ? un obstacle appréciable. L'appartement des Wasselin touchait le nôtre par le flanc, en sorte que tout, de leur vie, nous était sensible. J'allais écrire intelligible et ce ne serait pas tout à fait exact, car, sur l'instant, j'étais fort loin de tout comprendre. Mais ces mots et ces cris bizarres n'eussent-ils pas suffi pour m'ouvrir l'entendement qu'y seraient parvenus, sans doute, les commentaires chuchotés que j'en percevais chez nous.

Cette promiscuité, dès le premier jour, avait inquiété ma mère et fait naître sur le visage de papa cette expression féline que nous connaissions bien, car elle était annonciatrice de colère.

— Laisse, Ram, avait dit maman. Ne va pas t'emporter, surtout : il nous faudrait quitter cette maison, comme toutes les autres, et ce serait bien dommage. Puisque c'est à choisir, amis ou ennemis, prenons-en notre parti. Sans compter ce petit Désiré qui est un ange, effectivement.

Mon père ne refusait pas volontiers le combat. S'il céda, ce fut pour Désiré. Par la suite, le personnage de Wasselin ne laissa pas de l'amuser. « C'est un bouffon, disait père avec un mépris souriant. Il est insupportable, mais impayable. »

Notre première rencontre de front, avec les Wasselin, eut lieu un dimanche, pendant le repas de midi. Nous entendions, depuis près d'une heure, une violente rumeur de chamaille. Petit à petit, et malgré que nous en eussions, nous avions cessé de parler. Une voix d'homme, basse, caverneuse, lançait des couplets coupés de temps en temps par une autre voix masculine, maigre et plus sifflante. Une femme, apparemment Mme Wasselin, mêlait à la dispute de longues lamentations. Il y eut soudain un terrible bruit de chaises. La grosse voix criait : « Je te maudis! Fils indigne! Je te maudis. » Et, tout à coup, la querelle reflua sur le palier. La fourchette en l'air, nous écoutions avec horreur.

— Manuel, sanglotait Mme Wasselin, si tu le maudis, il ne reviendra plus jamais. Retire la malédiction, Manuel, retire!

— Jamais, s'écriait M. Wasselin d'une voix olympienne. Cette petite fripouille sera trop heureuse de venir encore nous manger dans la main le pain que nous gagnons à la sueur de notre front. Je te maudis, fils indigne!

Une nouvelle explosion de cris et de prières secoua portes et cloisons. Maman, saisie de tremblement, ne se contenait plus. « C'est affreux, Ram! Ne bouge pas. Je vais aller consoler cette malheureuse femme. » Mère ouvrit la porte, à demi d'abord, puis en grand. Nous découvrîmes tous la scène. Debout devant sa porte, une main dans son gilet, l'autre agitant la serviette du repas, M. Wasselin prenait des poses tragiques. Mme Wasselin, agenouillée sur notre paillasson, ses jupes bouffant autour d'elle comme dans un tableau de Greuze, poussait des clameurs factices arrosées de pleurs véritables. En voyant s'ouvrir notre porte, un adolescent dégingandé qui ricanait au bord des marches disparut dans l'escalier. « Le coupable s'est enfui. Justice est faite! » dit M. Wasselin d'une voix grondante et, se tournant vers notre groupe aperçu soudainement, il fit un ample salut. « Quelle honte! Quelle infamie! Et en présence d'une famille honorable. Veuillez nous excuser, comme nous pardonnons nous-mêmes à l'enfant indigne. Du calme, Paula! De la sérénité. De la résignation. Puis-je, monsieur, vous offrir une tasse de café? Nous en étions justement au café. »

Papa refusa d'un signe de tête. Maman relevait, avec de bonnes paroles, dame Wasselin encore hennissante et reniflante. M. Wasselin fit, de la serviette, un large salut fleuri. « Viens, dit-il, viens, Paula. Sachons cacher notre douleur. Souffrons en silence. » Il poussa deux ou trois « hum! » terribles et tira sa femme par le bras. A peine la porte fermée, il fit, soit pour se soulager, soit pour mettre le point final à cette scène, retentir un strident et inexplicable prrrt... prrrt.

En peu de jours, nous sûmes ainsi, bon gré, mal gré, l'essentiel de ce que l'on pouvait savoir sur les Wasselin.

Manuel Wasselin était, au début de cette période, comptable à la *Cour des Flandres*, magasin de nouveautés fondé par une illustre femme d'affaires. Il ne parlait jamais de sa profession sans parodier un vers que notre père nous dit être de Corneille.

— *Il est de tout son sang* comptable *à sa patronne*, déclamait le bouffon en insistant sur le mot capital.

En fait, il changeait sans cesse de maison et d'emploi, errait de bureau en bureau, le plus souvent congédié sans procès et cherchant lui-même, quand on le tolérait, d'invraisemblables raisons de fuite. « Je suis fait ainsi, déclarait-il. Je suis un homme libre et volatil. Je suis un insoumis, un impatient. Impatient du joug, jeunes gens! La vie est faite ainsi et non seulement l'immonde race humaine. Il y a des limaces impatientes et des huîtres qui ne tiennent pas en place. J'aime l'inconnu, l'inexploré. »

Il rapportait, de ses discussions avec les employeurs, des récits extraordinaires qu'il mimait à miracle et qui font partie, depuis, du folklore familial. J'en rirais parfois avec Joseph ou Ferdinand s'il m'arrivait encore de rire, et même d'ouvrir la bouche, en présence de Joseph et de Ferdinand. Mais laissons la parole à M. Wasselin.

« Je crois, commençait-il, que je vais abandonner à quelque esprit moins agile que le mien la comptabilité des *Galeries du Maine*. J'ai eu, ce matin, avec mon chef, cet homme remarquable, un entretien qui, je pense, va le faire rêver pendant toute la fin de sa vie. Imaginez qu'au début de la matinée cet homme remarquable entreprend de me vanter les avantages de mon emploi :

« Monsieur Wasselin, dit-il, vous jouissez ici d'une position stable.

MOI : Assurément, monsieur Duchnoque. (Il ne s'appelle pas Duchnoque, c'est un nom d'amitié.) Assurément. Et c'est, si j'ose l'avouer, ce qui m'attriste.

LUI : Ce qui vous attriste? Expliquez-vous, monsieur Wasselin.

MOI : Comprenez, monsieur Duchnoque. Tant que je cherchais une place, j'avais de l'espoir.

LUI : Comment? Quel espoir?

MOI : L'espoir de trouver une place, monsieur Duchnoque.

LUI : Pas possible! Et maintenant?

MOI : J'ai la place, monsieur Duchnoque. Mais je n'ai plus d'espoir. C'est infiniment triste.

lui : Qu'est-ce qui est triste, monsieur Wasselin? Je ne comprends pas.

moi : Je me demande toute la journée ce que j'aime le mieux de l'espoir ou de la place. Ça devient une idée fixe, monsieur Duchnoque. Je finirai par m'en aller.

lui : Vous en aller! Vous parlez de vous en aller! Enfin qu'est-ce que tout cela signifie?

moi : M'en aller! Hélas, oui! monsieur le directeur. Quand je serai parti, je serai sûr de n'être pas resté. Vous comprenez bien que je ne peux vivre dans l'indécision.

lui : L'indécision! Quelle indécision?

moi : L'indécision de savoir si je resterai ici, monsieur Duchnoque... »

Mme Wasselin levait les bras au ciel. Papa riait, l'air dédaigneux. Le bouffon modulait, le bec en sifflet, un prrrt ironique. De telles conversations avaient lieu, le plus souvent, sur le palier, à la faveur d'une rencontre. Les portes refermées, papa riait sans retenue.

— Il a tous les vices! Je suis à peu près sûr qu'il boit. J'affirmerais qu'il joue aux courses. En outre, il se ronge les ongles. Curieux bonhomme!

M. Wasselin se rongeait en effet les ongles, avec des mines, des délicatesses d'incisives, de légers grognements de plaisir quand il découvrait un coin d'ongle oublié, une infime bribe de corne dont il pouvait se promettre un quart d'heure au moins de plaisir aigu. Au moyen d'un petit canif crasseux mais tranchant, il attaquait en outre les régions de l'ongle inaccessibles aux dents, s'éminçait l'épiderme, se sculptait la pulpe à vif.

Souvent, à peine M. Wasselin de retour, nous entendions la dame pousser des exclamations : « Où as-tu pris tout cela? Je te dis que tu finiras par te faire pincer. » M. Wasselin ricanait et faisait rouler son bruit favori, ce prrrt qu'il appelait son « cri de guerre ». Il était extraordinairement chapardeur. Il ramenait chaque jour de son bureau toutes sortes de menus objets, des crayons, des cahiers, des enveloppes, des pots de colle, des timbres. Ces larcins n'avaient d'ailleurs à ses yeux pas une ombre d'importance et ne l'empêchaient pas de faire à ses enfants de somptueux discours sur le scrupule et la probité.

Dès la seconde entrevue, il s'était mis en tête de nous convier à quelque repas. « Ce ne sera pas un festin, disait-il. Une simple agape fraternelle pour fêter mon entrée comme teneur de livres à la *Petite Marinière*. Un peu loin, cette *Petite Marinière*, pour un Vandammois convaincu. Je n'aime pas ces bords de la Seine : ça me donne des idées de suicide... Trois fois rien, je vous le dis. Nous mangerons le poulet d'honneur et nous boirons le vin eucharistique. »

Dans les premiers temps, papa et maman donnaient mille raisons à leur refus, peu soucieux qu'ils étaient d'accepter cette invitation saugrenue et d'être ensuite dans l'obligation d'y répondre. Ils comprirent bien vite que l'offre de M. Wasselin était surtout une effusion rhétorique et qu'il ne la jugeait lui-même d'aucune conséquence. Un rite auquel, toutefois, il se gardait bien de manquer. « A quand le poulet d'honneur? » l'entendions-nous crier s'il rencontrait maman dans l'escalier. Parfois, il me pinçait la joue, préludait par des prrrt... prrrt... à mi-voix et lançait, l'air résolu : « Dis à tes parents, jeune Éliacin, que c'est pour dimanche. Oui! Dimanche, sans faute. Je vais acheter la bête et mettre le vin au frais. » Je ne répondais rien, bien sûr, et le singulier homme oubliait tout, à peine le dos tourné. Mais, le lendemain, il était ressaisi de sa marotte. Il inventait des détails : « Aimez-vous les escargots? Il faudrait ajouter une douzaine d'escargots par personne. Tu dis : les enfants! Non, tu ne dis rien? Mais les enfants mangeront leur douzaine comme père et mère. Comprends-moi bien, Paula : je veux faire quelque chose de très, très gentil. »

Ce rêve intermittent prenait parfois des formes hallucinatoires. A force d'avoir vanté les vertus du poulet d'honneur, M. Wasselin s'imaginait nous l'avoir fait vraiment manger. Il me rencontra, certain soir, au pied de l'escalier, dans l'ombre, et me dit, jubilant, la salive à la bouche : « Il faudra recommencer, n'est-ce pas, jeune Éliacin? » Et, comme je restais béant, il ajouta : « Avoue que, pour ce qui est d'être bon, il était bon. Un simple poulet, mais cuit à l'estragon. Ah! jamais, j'en suis sûr, tu n'avais rien mangé de pareil. Pour le vin eucharistique, tu n'en as pas bu. Ce n'est pas de ton âge. La prochaine fois, ce sera du champagne. Et je t'en donnerai un godet. N'est-ce pas, jeune Éliacin? »

Il m'appelait « jeune Éliacin », ce qui ne me faisait ni chaud ni froid. En revanche, il ne s'adressait au pauvre Désiré que sur le ton de la plus féroce raillerie. Il lui disait pompeusement « vous », sauf pour lui jeter au visage deux vers de Lamartine, popularisés depuis par Rostand qui les a cités :

Courage, enfant déchu d'une race divine.
Tu portes sur ton front ta superbe origine...

Souvent, il se contentait d'appeler son fils « enfant déchu ». Il criait : « Va me chercher du tabac, enfant déchu... Remonte une bouteille de bière, enfant déchu... » Plus souvent encore, il criait, avec un terrible accent faubourien, ces mots peu compréhensibles au profane : « Enfant dédèche... Êtes-vous prêt, enfant dédèche... » Il ajoutait tout aussitôt des injures mystérieuses : « avorton... dégénéré... phénomène... sous-produit... » Et Désiré de trembler et de pâlir.

Mme Wasselin prenait alors la défense de l'enfant : « C'est ton fils, s'exclamait-elle. C'est toi qui l'as fait, misérable. Et on ne le croirait pas, car il est cent fois meilleur que toi. C'est un ange. Oui, c'est toi qui l'as fait, car je ne t'ai jamais trompé. Tu l'aurais bien mérité, Mano, et ce n'est pas les occasions qui m'ont manqué, je t'assure. Mais l'idée d'être la femme d'un cocu! Non, j'ai trop d'amour-propre. »

Sentant grossir l'orage, maman faisait quelque peu de bruit pour que nous n'entendissions plus. Les mots passaient quand même à travers la mince cloison. Wasselin répondait, la voix suave :

— C'est par amour, Paula, que je t'ai épousée. Et si je t'ai trompée, c'est par amour encore. Sache-le, Paula, je ne t'ai jamais trompée qu'avec des femmes qui te ressemblaient, oui, Paula, qui te ressemblaient plus que tu ne te ressembles toi-même. Explique-moi ça, Paula.

— Ah! gémissait Mme Wasselin, fais ce que tu voudras, misérable, mais laisse tranquille ce pauvre garçon.

— Oui, pauvre! reprenait Wasselin d'une voix justicière. Pauvre d'esprit! Heureux les pauvres d'esprit.

— Laisse-le, grondait la mère enfin déchaînée.

— Je n'en rougis pas, j'en souffre. Il est idiot.

Soit! Ce sera ma croix. Toute famille a son idiot, son épileptique, son syphilitique, son tuberculeux, son escroc, sa fille de mauvaise vie. Et les familles qui ne sont pas encore pourvues le seront bientôt. Dieu est équitable!

La voix s'élevait, théâtrale. Et, tout à coup, on entendait un fracas de vaisselle ou de meubles. Une espèce de convulsion secouait planchers et murailles. Désiré commençait de supplier et de gémir.

CHAPITRE VII

EXPLORATIONS OLFACTIVES. RETRAITES PRÉFÉRÉES.
INTRÉPIDITÉ DE MON AMI DÉSIRÉ. QUERELLES ET
COUTUMES DES WASSELIN. PETITE SCÈNE AU TROU
DE LA SERRURE. LA TRIBU DES COURTOIS. BANQUE
DU SAMEDI. PEINTURE A LA GOUACHE.

— La rue est faite pour qu'on y passe, mes enfants,
et non pour qu'on y joue. Ne vous attardez jamais
dans la rue, je vous le demande à genoux. Et méfiez-
vous de tout. Méfiez-vous des fiacres et des camions
qui écrasent chaque jour à Paris beaucoup de petits
enfants. Méfiez-vous des chiens : tu en sais quelque
chose, Laurent. Méfiez-vous des ivrognes. Méfiez-
vous des gens que vous ne connaissez pas et si
quelqu'un vous adresse la parole, répondez poli-
ment : « Oui, monsieur. Non, monsieur... » et sau-
vez-vous, sans en avoir l'air.

Ainsi parlait notre maman qui ne savait pas nous
convaincre. Qu'étaient, à nos yeux, les périls de la
rue, au prix de ses enchantements? A peine sortis
de l'école, nous flairions comme de jeunes limiers,
tout le long des trottoirs chauds, les inquiétantes
odeurs de la jungle citadine. J'aimais la rue Ver-

cingétorix, la rue du Château, la rue de l'Ouest et si je ressuscite un jour, fantôme aveugle, c'est au nez que je reconnaîtrai la patrie de mon enfance. Senteurs d'une fruiterie, fraîches, acides et qui, vers le soir, s'attendrissent, virent doucement au relent de marécage, de verdure fanée, d'aliment mort. Fumet de la blanchisserie qui sent le linge roussi, le réchaud, la fille en nage. Remugle de la boucherie qui tient le « bouillon et bœuf », fade et terrible parfum des bêtes sacrifiées; note résineuse, forestière de la sciure de sapin répandue sur le dallage. Émanations, comme d'un vase, d'une boutique vide que l'on est en train de repeindre. Concert de l'épicerie, aromates, momies d'odeurs, messages de continents perdus au fond des livres. Bouquet chimique du pharmacien qu'illuminent, dès la chute du jour, une flamme rouge, une flamme verte, noyées toutes deux dans des bocaux ronds. Haleine de la boulangerie, noble, tiède, maternelle. J'allais, les narines en éveil, le souffle vite lâché, vite repris.

Vers le bout de la rue du Château, s'élevait, salubre, austère, l'encens des trains et des machines. La rue, en ce temps lointain, était interrompue par un passage à niveau. Les charroyeurs et les cochers s'arrêtaient en jurant devant les barrières que la manœuvre des convois tenait longuement fermées. Plus heureux, les piétons pouvaient, pour gagner la rue du Cotentin et les spacieux déserts du boulevard de Vaugirard, emprunter une passerelle gracile qui sautait d'un bond de chèvre par-dessus les voies ferrées.

J'aimais de m'arrêter au milieu de la passerelle. On apercevait, d'un côté, l'espèce de canal fumeux qui fuyait vers des campagnes, des villes, des provinces en vacances. De l'autre côté, le regard atteignait tout de suite les nefs embrumées de la gare, trous d'ombre, terriers à wagons. A droite, à gauche, on découvrait les ateliers, les butoirs, les cabines des aiguilleurs, les rotondes comparables, selon le moment et le jour, tantôt à des temples charbonneux où des ouvriers adoraient les locomotives divines, tantôt à des écuries dont on tirait, d'heure en heure, un cheval d'acier, luisant, piaffant, prêt à la course.

Parfois, comme nous rêvions là, le monde tremblait, tout à coup. Un long train, serpent fabuleux, nous filait entre les jambes. Sa fumée noire, un instant, nous isolait, comme les dieux de l'orage, dans de sulfureuses ténèbres.

Nous revenions, au fil paisible de notre rue Vandamme. Une foule de petits hôtels ouvraient, au ras du trottoir, leurs corridors obscurcis par les vapeurs de la friture. Et, soudain, comme une fanfare, éclatait l'odeur des écuries : sueur des chevaux, crottin torride, fumiers recuits, rafales de l'ammoniaque exaltée par les grands vols de mouches bleues.

Après cette explosion symphonique, la rue s'achevait dans le fade et le doucereux : les bains publics et le lavoir à drapeau de zinc lâchaient au passage une bouffée moite et savonnée. Puis, tout à coup, houleuse comme un bras de mer, s'ouvrait l'avenue du Maine, parcourue par le vent du nord. On apercevait, de l'autre côté, un bref tronçon de rue Vandamme, enclavé par erreur dans le quartier de la Gaîté.

Nous revenions vers nos retraites. J'aimais d'amour la petite rue Perceval au beau nom. On y voyait un jardin comblé de verdures effervescentes. On y entendait, dans le silence du soir, tout le long d'une muraille interminable, les chevaux du camionnage piétiner, remuer des chaînes, broyer l'avoine et donner dans leurs bat-flanc des ruades tracassières. J'aimais le triangle de bitume désert que ménageait notre rue Vandamme, en vue d'une improbable remise à l'alignement. J'aimais aussi l'impasse au sol de macadam, tel celui des routes lointaines.

Remonté, dans mes hauteurs, j'allais, un livre aux doigts, m'accroupir sur le balcon où les trains faisaient pleuvoir des escarbilles de velours noir. Le balcon des Wasselin était séparé du nôtre par une grille de fonte à dents. Désiré venait s'asseoir là pour grignoter un croûton saupoudré d'une pincée de gros sel. Comme j'aimais de préférence l'extrémité nord du balcon, d'où l'on voyait mieux les trains, je priais Désiré de m'y rejoindre. Il passait par le palier, grattait à la porte et, moins d'une seconde plus tard, surgissait à mon côté.

Un jour, fronçant les sourcils, mais tranquille et résolu, il fit, pour venir me rejoindre, une chose très effrayante. Il enjamba la balustrade et longea le balcon en dehors, au-dessus du vide... Je fermais les yeux, muet d'angoisse. Mais, déjà, l'étrange garçon se laissait choir près de moi. Il était parfaitement calme.

— Oh! dis-je, d'une voix défaillante. Sais-tu que tu pouvais mourir?

De la tête, il fit « oui » et il ajouta simplement :
— Tu ne le diras à personne.

Parfois, troublant nos songeries, des profondeurs de l'impasse, un tintamarre cocasse tout à coup s'élevait. Des musiciens ambulants, cornet à piston, trombone, pilonnaient une romance, une valse, un air d'opéra. Des sous voltigeaient qu'un comparse sans talent cherchait dans les ruisseaux.

Par beau temps, fenêtres ouvertes, les querelles des Wasselin crevaient à la face du ciel. Mon ami avait une sœur nommée Solange, grosse fillasse qui m'inspirait une véritable aversion. Elle travaillait au-dehors, dans un atelier de couture. Elle rentrait le soir, à des heures incertaines, tenait tête à sa mère et de la plus grossière façon, lapait sa soupe avec bruit en y trempant le menton, car elle avait la vue très basse. Elle montrait, fourchette en main, cette mimique des voraces qui regardent en ennemis leur propre nourriture. Observateur infime, je pense qu'elle ne me voyait même pas, occupée qu'elle était toujours de quelque grognante aventure; mais moi je la contemplais avec cette horreur qui me saisit quand je perçois, chez une créature humaine, la présence de la bête.

Pour Lucien, le jeune voyou que nous avions vu s'enfuir chargé de la malédiction paternelle, il revenait de temps en temps. La famille se réconciliait dans une ripaille mystérieuse dont le pauvre Désiré restait le plus souvent exclu. Et, soudain, de vieilles chicanes détonaient comme des bombes. Pour la dixième fois maudit, le fils indigne reprenait le large. Le comptable, d'une voix sanglotante, flétrissait sa couvée. « Je vois bien, criait-il, je vois bien que vous ne me laisserez pas seul dans l'abîme de l'abjection. C'est ma faute. Le Ciel me punit. » Presque tout de suite consolé, il chantonnait des grivoiseries ponctuées de prrrt langoureux.

Certains jours, toute la famille s'envolait. Désiré trouvait porte close et restait assis des heures sur une marche de l'escalier. Un soir que je le trouvai là, nous fîmes la conversation.

— Il n'y a personne, dit-il. On ne répond pas.
— Pourtant, il est au moins sept heures.
— Bah! ma mère doit être en course.

J'étais encore un fort petit garçon et fis, inno-

cemment, une chose assez surprenante. Je m'étais
approché de la porte des Wasselin. Un rayon de
jour bleu filtrait par la serrure. Je mis l'œil à cette
serrure, et, tout aussitôt, faillis pousser un cri de
surprise.

— Mais, fis-je à voix basse, tes parents sont là.

— Ah? soupira Désiré, placide. Tu les vois?

— Oui, oui, je les vois très bien.

La porte ouvrait sur l'entrée dans laquelle donnait
une chambre.

— Qu'est-ce qu'ils font? demanda Désiré entre
deux bâillements.

— Oh! je ne sais pas trop. Ton père enlève sa
veste. Écoute : on l'entend rirc.

Désiré venait de faire un bond. Il m'écarta de
la porte, mit l'œil à la serrure et ne regarda qu'un
instant. Quand il se retourna, j'eus peine à le
reconnaître : il était pâle et frémissant.

— Qu'est-ce que tu as vu encore?

— Mais, rien, rien, fis-je, bouleversé.

— Eh bien, ne regarde plus, gronda l'enfant. Ne
regarde plus jamais.

Il me serrait les poignets et dit, plus bas, l'air
égaré, vraiment terrible :

— Ne regarde plus. Sinon, je te tuerai.

Cette scène, qui me remplit d'une mystérieuse
angoisse mais n'altéra pas mon affection pour Désiré,
cette scène fut providentiellement interrompue par
l'arrivée de M. Courtois, notre vieux voisin. Il
occupait, avec sa femme, le troisième appartement,
celui qui donnait sur la cour, côté Wasselin. L'appartement symétrique, de notre côté, je crois l'avoir
dit, était vacant.

M. Courtois, en ce temps-là, n'avait sans doute
guère plus de cinquante ans. C'était un homme

d'une correction stricte et d'une politesse méticuleuse. Il n'en présenta pas moins, dès l'abord, à mon regard, l'inquiétante image de la décrépitude et de la vésanie, image que les événements se chargèrent de confirmer.

M. Courtois portait une jaquette soit de drap, soit d'alpaga gris, selon la saison. Un gilet clair, à fleurettes, et des gants, même en été, ce que la rue Vandamme pouvait juger une élégance excessive. Il prisait et cette pratique ne suffisait pas à faire comprendre l'odeur de sa personne, une odeur singulière de cuir de Russie, de vieillard bien tenu, de dent cariée, de fond de ride.

Il se teignait la moustache, qu'il portait toute raide et rebroussée. Il teignait également la pincée de cheveux qu'il appliquait avec art, en éventail, sur un crâne d'une blancheur chimique. Il avait usé sa vie dans une petite boutique d'horlogerie que l'on voit encore aujourd'hui rue de Vanves. Il avait travaillé là jusqu'à la cinquantaine, dans le dessein unique et fervent, comme presque tous les Français, en ce temps-là, de « se retirer », mot dont je suis bien surpris que si peu de gens perçoivent la résonance lugubre : démission, fuite, suicide.

Il s'était donc « retiré », laissant la boutique à son frère et à ses deux sœurs, tous trois célibataires. Si je m'attarde à peindre ici cette collection de fantoches, ce n'est point certes par souci du pittoresque pur, encore qu'un tel souci trouverait à se justifier, c'est que tous ces Courtois ont joué leur petit rôle dans les tracas et les songeries de ma famille.

Courtois le cadet, que tout le monde appelait laconiquement Tole, car il portait le prénom que commençait à peine d'illustrer M. France, Courtois le cadet était bossu d'une manière complexe et si j'ose dire, selon tous les méridiens. Son torse, monstrueux, en forme de barrique, semblait posé de guingois sur les jambes, et la tête elle-même s'implantait de guingois sur le torse. Le bonhomme était ainsi fait de trois parties qui s'assemblaient à l'aventure et, dès le moindre mouvement, menaçaient de se disjoindre, de reprendre une macabre indépendance. Il imitait son frère en toutes choses, il se teignait le poil, prisait, exhalait déjà, mais imparfaite encore, cette odeur de maroquinerie dont je ne saurais donner la véritable recette.

Il travaillait avec ses deux vieilles filles de sœurs, horlogères d'ailleurs accomplies, qui vivaient la loupe à l'orbite et ne sortaient que le samedi pour venir impasse Vandamme et passer la soirée dans les joies saugrenues d'une « banque » dont l'enjeu était de haricots blancs. Elles se couvraient alors de chapeaux, de voilettes, de jupes à volants, de tournures, de manches à gigot et s'enfarinaient le visage au moyen d'une poudre odorante qui n'atteignait jamais la peau, suspendue qu'elle demeurait dans un duvet exubérant. Nous les appelions les Fées, surnom dont je risquerais de compromettre le charme si j'en disais l'origine et si j'y ajoutais les épithètes ordinaires de mon père.

Nous fûmes, au bout de quelque temps, priés aux soirées du samedi. M. Courtois, l'heure venue, nous attendait sur le pas de sa porte. A tous, petits et grands, il nous serrait la main avec un geste déblayeur qui nous repoussait l'un après l'autre vers la gauche, geste que j'ai retrouvé, depuis, chez un homme politique plusieurs fois ministre, geste qui s'explique sans doute par la discipline épuisante des défilés électoraux.

La « banque » du samedi soir était présidée par Mme Courtois. Merveille du mimétisme, cette dame ressemblait à ses belles-sœurs, à son beau-frère, à son mari. Elle donnait, du clan, la synthèse et la moyenne. Elle sentait le vieux cuir comme les uns et la poudre de riz comme les autres. Elle abritait, sous un filet-front, les prodiges ouvragés d'une coiffure aux bigoudis et au fer chaud.

La chambre où la société se tenait, pour la banque, était ornée, avec intempérance, de peintures à la gouache, œuvres de M. Courtois, représentant toutes des roses, en gerbes, en bouquets, en guirlandes, en couronnes.

Dès le début de nos relations, M. Courtois s'offrit à me donner des leçons de peinture à la gouache et maman, ayant jugé que je marquais des dispositions, accepta de bon cœur. « Tu commenceras, disait M. Courtois, par peindre le bouton vert. Puis je t'apprendrai le bouton rose, puis la fleur épanouie. Les feuilles vont toujours par trois. Une vert clair, l'autre vert foncé, et l'entre-deux mi-partie. C'est une règle absolue. Plus tard, quand tu sauras faire la rose rouge, on essaiera la rose jaune et peut-être la rose pompon. Mais c'est une autre paire de manches. »

Je recueillais avec application cet enseignement vétilleux. Parfois, mon pinceau, s'égarant, rêvassait hors de la règle. M. Courtois se fâchait. « Ce que tu viens de faire là, grommelait-il, se hasardant, dans sa colère, aux injures à la mode, ce que tu viens de faire là, c'est bête comme tes pieds. » Il ne tarda pas, sans doute par économie, à raccourcir la formule. Il disait : « Encore tes pieds! C'est on ne peut plus tes pieds. »

Je me sentais, les premiers jours, débordant de

gratitude, car M. Courtois fournissait non seulement le professeur, mais les couleurs et les pinceaux. Bien vite je compris que, pour les esprits judicieux, toute peine appelle un loyer. La leçon finie, M. Courtois me livrait à sa femme et cette personne, ainsi nantie d'un partenaire, même indigne, s'abandonnait avec frénésie aux délices du jeu de piquet.

Mme Courtois n'était pas une joueuse trop commode. Elle trichait, elle m'accablait d'injures bizarres et comme elle avait, de son sexe, une opinion non médiocre, elle m'accommodait au féminin, ce qui ne laissait pas de me choquer un peu. « Péronnelle! Petite bécasse, criait-elle. Si tu t'étais seulement défaite de ton pique, à l'heure qu'il est, tu serais maîtresse... »

J'étais toujours trompé, toujours battu; mais je payais tant bien que mal mes leçons de roses à la gouache et j'apprenais en bâillant que rien ne se donne pour rien.

CHAPITRE VIII

ONIROLOGIE FAMILIALE. PROJETS D'AGRANDISSEMENT.
VÊTEMENTS, MOBILIER, PERSONNEL DOMESTIQUE.
ÉCONOMIES ET RESTRICTIONS. L'EXPOSITION UNI-
VERSELLE. BAINS CHAUDS. INTERMÈDE GÉOGRA-
PHIQUE. ERREUR DU XIXe SIÈCLE SUR LA SCIENCE
ET LA SAGESSE. VISITE DE Mme TROUSSEREAU.

Je ne sais quel onirologue a dit « que l'on ne rêvait
pas de compagnie ». Ce savant, sans aucun doute,
parlait des songes du sommeil. Mais quoi! c'est en
vain que les magisters prétendent marquer une distinction entre rêve et rêverie. Les mêmes mots, pour
un Français, désignent indifféremment les délires du
dormeur ou ceux de l'homme éveillé.

Or, vers le milieu de l'été, toute la famille se prit
à rêver de compagnie. Quand je parle de ma famille,
j'entends, exclusivement, le couple et sa nichée, les
six que nous étions alors.

Ce n'était ni de tous les jours ni de toutes les
heures. Le phénomène, en général, se déclarait pendant le repas du soir. Papa posait sa fourchette,
lançait tout droit devant lui un regard soudain plus
clair et disait, d'une voix calme :

— Nous sommes beaucoup mieux qu'avant, mais, quand même, bien à l'étroit.

— Raymond, s'écriait maman, tu ne songes pas à nous en aller?

— Non, mais je pense à des choses...

— Quelles choses?

— Nous pourrions peut-être...

Ce pléonasme insidieux, que j'ai surpris sur tant de lèvres, annonçait le déchaînement des images et des hypothèses.

— Nous pourrions peut-être prendre en location cet appartement vacant, l'appartement voisin. Pense : le double de place!

— Mais, Raymond...

— Oh! pas demain, bien sûr. Dès que nous aurons reçu les nouvelles du Havre. Presque le double de place! Tu m'entends, Lucie!

Les phrases de cette sorte étaient suivies d'un silence fourmillant. Le regard fixe à son tour, maman partait à réfléchir. Son visage exprimait d'abord la frayeur et même le vertige. Elle avait l'air de mesurer de l'œil un gouffre. On la voyait presque haleter, car elle souffrait d'une imagination vive. Puis, petit à petit, et comme si le gouffre eût été, par magie, comblé, aplani, maman reprenait pied.

— Bien sûr, dès que nous aurons la lettre du notaire... Pour le terme d'octobre, ce serait trop beau. Mais, au mois de janvier, peut-être même au demi-terme...

— Des quarante mille francs, murmurait papa, nous ferons quatre parts, exactement. Quatre parts, quatre ans! Dans quatre ans, mes examens seront passés et j'aurai mon diplôme. Alors, la route libre! Avec mes articles et, bientôt, des remplacements, des occasions, des imprévus, mille petites choses à côté... La tranquillité. Le travail et l'aisance. Dès la première année, les trois parts de réserve seraient placées avantageusement. Il ne faut jamais laisser l'argent inactif, il en meurt. C'est ce que Markovitch me dit chaque fois qu'il me rencontre...

— Ne pourrait-on, proposait maman, faire percer la cloison?

— Quelle cloison?

— La cloison de notre chambre, pour mettre les deux appartements en communication.

La cloison! Nous écoutions, muets de surprise. Faire percer la cloison! Nous étions à l'âge où les murailles sont comme les figurations de l'immuable et de l'éternel.

— La cloison... répétait mon père. Et pourquoi non, Lucie? Tu penses que le propriétaire n'aurait rien à nous refuser.

Joseph, à son tour, tombait en transes :

— Nous serons les plus gros locataires de toute la maison. Et, dis, maman, j'aurai ma chambre. Ma chambre pour moi tout seul.

— Mon garçon, demande à ton père. La pièce la plus tranquille serait réservée pour lui. Le travail de votre père avant tout. Je ne tiens pas au salon : nous n'en avons jamais eu, nous pouvons nous en passer. Mais que le piano soit dans la pièce où votre père travaille, il faut bien reconnaître que ce n'est pas possible.

A ce mot de piano, l'innocente Cécile ouvrait l'œil. Toute la famille entrait en éruption : une éruption de projets. Ferdinand présentait des revendications gémissantes au sujet d'une paire de chaussures qui le blessaient. Ferdinand n'a jamais eu que des ambitions modestes, mais, il faut le dire, tenaces. Joseph, élevant la voix, parlait bicyclette, voyages.

Maman « tirait des plans » pour nos vêtements d'hiver : elle les voyait chauds, ce qui va sans dire, et même élégants et même nombreux. Puis, d'un coup d'aile, maman s'élevait jusque dans les sphères de l'ameublement, posait des tapis, accrochait des lampes, appliquait des glaces. Papa, bien que réservé, consentait à jeter les fondements d'une bibliothèque exemplaire. Nous nous taisions tous, une minute, avec respect, comme pendant l'élévation, à la messe.

Puis — mais qui donc l'avait lancé? — survenait le mot de bonne, et, d'abord, de petite bonne. Maman protestait aussitôt : « J'ai tout fait, toujours, toute seule... On ne serait plus chez soi... » Vaines objections. La petite bonne grossissait, grandissait et, soudain, par un miracle de scissiparité, donnait naissance, les bons jours, les jours de grande orgie rêvogène, à deux et même plusieurs bonnes. Nous n'avons jamais été jusqu'au domestique mâle.

Je viens d'écrire rêvogène et c'est peut-être un barbarisme. Qui l'affirmera? Nul ne connaît l'étymologie du mot rêve. Il nous est tombé du ciel, à nous autres Français raisonneurs, pour notre rédemption. Mais revenons à mon histoire.

A tout instant chantaient, lancées soit d'une voix grave, soit par une gorge enfantine, les expressions rituelles de l'extase : « ...la lettre du notaire... les nouvelles du Havre... les papiers de Lima... ». Maman murmurait : « Que cette somme nous arrive juste dans un pareil moment! C'est un miracle, un miracle! »

Petit à petit, les desseins prenaient de l'ampleur et de la fantaisie. Nous glissions à la dissipation, au gaspillage. De dépense imaginaire en dépense imaginaire, nous arrivions aux bains de mer, aux fiacres, aux places de théâtre, aux folies. Alors se produisaient des revirements farouches. Comme tous les prodigues, nous traversions de brusques crises d'avarice. On restreignait les dépenses. On vendait les objets de luxe. La bonne maigrissait, diminuait, redevenait petite bonne. On finissait par la congédier.

Papa, le premier toujours, se lassait des fantômes qu'il avait tirés de l'ombre. Nous sentions au son de sa voix, à la nuance de ses yeux, qu'il redescendait, qu'il allait nous lâcher, revenir au sol. Il regardait maman avec une ironie d'abord souriante, puis glacée, puis rancuneuse. Oh! comme les rêves d'autrui le trouvaient méprisant, même quand il les avait fait naître, surtout, surtout quand il les avait fait naître. Il disait brusquement :

— Nous allons, en attendant, continuer à tirer le diable par la queue et nous aurons, dès la fin du mois, le plus grand mal à joindre les deux bouts.

Il se passait la main sur le front, poussait un long soupir et quittait la place, nous laissant désemparés.

Il arrivait aussi que le sortilège refusât de s'évanouir. Parfois, la nuit d'été succédait au long crépuscule et nous faisait rêver encore. Un soir, papa dit : « En somme, puisque tout va bien, nous allons mener les enfants à l'Exposition. » Maman, soudain calmée, parlait de son travail, de la vaisselle, de la couture. Elle dut céder, faire toilette à la hâte. Nous eûmes une soirée incandescente et tumultueuse, un délicieux retour ensommeillé sur l'impériale de l'omnibus.

Parfois aussi, profitant des heureuses dispositions de notre père, maman formulait des souhaits bénins mais précis. « Demain jeudi, proposait-elle, je voudrais mener les enfants aux bains. Tu n'y vois pas d'inconvénient? » Papa sursautait. Il parlait de diplômes, d'influence, de fortune, d'honneurs, et voilà qu'on songeait à des bains. Il approuvait quand même en fronçant les sourcils et disait, pour conclure : « Je ne voudrais pas me mêler de ces affaires Delahaie, mais je te ferai, si tu veux, le brouillon d'une lettre au notaire. Il n'a vraiment pas l'air pressé. Et dire que nous sommes entre les mains de ces gens-là! »

Le lendemain, nous allions aux bains, emportant dans un panier notre linge et notre savon, car délivrée des rêves, maman retombait à l'économie la plus chaste. Elle prenait deux bains pour quatre et nous savonnait elle-même, à l'exception de Joseph qui devenait vraiment trop grand.

Nos songeries familiales ne manquaient pas de m'escorter jusque sur les bancs de l'école. Je fus, pour M. Joliclerc, un élève bien inattentif. Les questions qu'il me posait venaient m'atteindre et m'étonner au sein des nuées olympiennes d'où je retombais pantois. Un jour, pendant la leçon de géographie, je l'entendis qui grondait : « Je répète, qu'est-ce qu'un havre? Que signifie le mot havre? Vous, là-bas, Pasquier, le dormeur! »

Je me levai, croisai les bras et répondis de la façon la plus naturelle du monde : « Un havre... Un havre... C'est l'endroit où il y a le notaire... » La classe bourdonnait, moqueuse. M. Joliclerc ouvrit sa bouche à chicots et leva des bras étonnés. Puis il me mit un mauvais point, pour le principe, sans colère, car il savait que les enfants, même petits, apportent de chez eux toutes sortes de soucis cachés que l'on peut respecter, bien sûr, sans chercher à les comprendre.

Je me rassis, tout penaud. Le soleil, filtrant par la fente des rideaux de toile et se brisant sur le livre du maître, éclairait noblement son visage et sa barbe grisonnante à travers les poils de laquelle on apercevait la cravate. Je cuvais ma honte en suçant un petit bout de crayon d'ardoise. — Il suffit que j'y pense pour que m'en revienne le goût. — La leçon se poursuivait dans un ronronnement assoupi que troublaient parfois la chute et le roulement d'une bille — cinq mauvais points! — ou les appels d'un impatient qui sollicitait en claquant des doigts l'autorisation de descendre quelques instants dans la cour.

Le soleil tournait. On ouvrait grandes les fenêtres. J'apercevais le haut des arbres à la frondaison prisonnière et, de l'autre côté, les maisons de la rue de l'Ouest, toutes pouilleuses ainsi, par-derrière. Une femme, près de sa fenêtre, ravaudait des nippes, interminablement. Elle avait d'énormes bras roses. Mon voisin de pupitre, un garçon de neuf ans, souffrait d'un furoncle au menton. Il souffrait en silence, avec résignation, comme j'ai vu souffrir, plus tard, les hommes simples, à la guerre.

Parfois, un petit garçon s'étirait avec bruit et regardait d'un œil stupéfait les enfants, le tableau, les murailles, ce monde incompréhensible. Et parfois toute la classe, désembourbée, saisie par le démon, se prenait à jacasser, à ruer dans les pupitres, à frapper sur les tables, à barboter dans les encriers de plomb au rebord corrodé. M. Joliclerc tonnait, lourdement, orage contre orage.

Nous revenions, côte à côte, Désiré Wasselin et moi. En passant devant la loge de la concierge, il me disait, avec une paisible sollicitude : « On va regarder sur la table de Mme Tesson. Quelquefois qu'elle serait arrivée, votre lettre du Havre. » Comble de confiance affectueuse, j'avais mis Désiré dans notre grand secret. En montant l'escalier, il me demandait parfois ce que nous ferions de l'argent. Il commençait de rêver avec nous, âme fraternelle. Il ajoutait, s'arrêtant au bord d'une marche : « Chez nous, il n'y a pas d'histoire du Havre, pas d'héritage, rien, rien que ce que gagne papa. Et il a bien du mal. » Si petit que je fusse alors, j'étais touché d'émotion : Désiré, battu, méprisé, injurié chaque jour, adorait ce père horrible.

Les leçons et les devoirs rampaient sur la soirée. Quand papa revenait à temps, il nous aidait pertinemment mais avec impatience. Il ne nous tolérait ni légèreté ni lenteur. Et c'étaient des « pantoufles! » et des « savates! » à n'en plus finir.

Au milieu d'un commentaire paternel, le clan Wasselin entrait soudain en convulsion. La maison en tremblait de toute son ossature. Le sacristain-histrion se justifiait toujours : « Je vais quitter ces *Comptoirs du Mont Parnasse* et tous ces imbéciles. Je veux bien qu'on me dise que je suis distrait; mais quand on me dit que je fais des malhonnêtetés, ça me met en colère. Je tiens plus à l'honneur qu'à la vie. Sortez d'ici, enfant déchu! Ce que je dis ne vous regarde pas. »

Nous restions béants, la plume aux lèvres, l'attention déviée, écoutant malgré nous ces misères. Papa fronçait le sourcil. Quand il était de sang-froid, il jugeait le courroux des autres absurde et scandaleux. Nous avions, maman surtout, grand-peur de le voir intervenir, ce dont il ne se privait guère en maintes circonstances comme je le dirai bientôt. Encore qu'il fût aussi peu moraliste que possible, il tâchait parfois à tirer une leçon de ces algarades Wasselin : « De telles vulgarités disparaîtront quand les hommes seront plus instruits. La cause de toute cette bassesse, croyez-moi, c'est l'ignorance. Donc, travaillez, travaillez. Les hommes se disputeront moins quand ils sauront tout ce qu'il faut savoir. »

— Mais, papa, dit un jour Joseph, M. Wasselin n'est pas un ignorant, je t'assure. Il est même très instruit. Il a son baccalauréat et encore un autre diplôme.

Papa fit, de la tête, un mouvement mécontent et il ne répondit rien. Cette remarque l'offensait. C'était vraiment un homme du xixe siècle, de ce siècle qui n'a pas voulu douter du savoir souverain, de ce siècle qui a fait la sourde oreille aux avertissements de Schopenhauer et s'est plu tenacement à confondre science et sagesse.

Nous eûmes, cet été-là, vers la fin de la période scolaire, nous eûmes, à la maison, une visite imprévue, celle de la tante Anna.

Tante Anna? C'est « Madame Trous.sereau » que je devrais dire, c'est « Madame Trousereau » que nous avons toujours dit, à l'exemple de maman. Il ne saurait, avec cette épouse extasiée que fut ma mère, il ne saurait être question de représailles; pourtant elle répliquait à certaines manies de mon père par des manies réciproques. Papa disait « Madame Delahaie, Monsieur Delahaie ». Même rétrospectivement, même à titre historique, il n'aurait, pour rien au monde, consenti à donner de l'oncle ou de la tante à cette gent détestée, à ces grippe-sous, à ces paltoquets. Je dois dire que jamais, parlant de notre tante Anna, maman n'a dit « ma belle-sœur ». Elle prononçait toujours, pinçant imperceptiblement les lèvres : « Madame Trousereau » ou « Madame veuve Trousereau ». Elle n'aimait pas davantage notre oncle Léopold et l'appelait « l'homme au piston », parce qu'il avait été quelque chose comme chef de fanfare à Nesles-la-Vallée. Papa ne se montrait guère sensible à ce timide talion : les histoires de sa parentèle ne le tourmentaient pas trop.

Nous eûmes donc, un beau jour, la visite de tante Anna, veuve Troussereau. Je la trouvai sur le palier comme je rentrais de l'école. C'était une dame excessivement grosse, au visage couperosé, non pas diffluent, comme le reste de sa personne, mais dur et couvert de plis serrés. Je ne pouvais la reconnaître, car je ne l'avais presque jamais vue. Elle se nomma, me tendit la joue sans parvenir à s'incliner suffisamment, sonna, pénétra devant moi dans la maison. Ma mère lui fit un accueil décent. La tante prit une chaise mais n'enleva pas ses mitaines. Une conversation s'engagea dont je ne compris pas toutes les finesses, mal rompu que j'étais alors à la diplomatie familiale et à sa dialectique.

Maman se levait parfois pour vaquer aux soins de la cuisine. Pendant que nous étions seuls, tante Anna s'approcha de moi et fit un sourire à plis.

— Qu'est-ce que tu manges là ? dit-elle. Du chocolat ! Tiens, tiens ! Vous ne vous privez de rien. Montre-moi ta tablette.

Je lui tendis ma tablette. Elle la cassa net, en deux et, furtivement, avec une expression d'une gourmandise incroyable, elle en goba le plus gros bout. Comme maman tardait à venir, la tante bâilla, montrant l'intérieur d'une bouche toute noire de mon chocolat.

— Alors, me dit-elle, tu aimes aussi les confitures, mon petit chat ?

Je répondis un « oui » naïf, pensant que, de tous ses jupons et jupes, la tante allait faire surgir enfin quelque friandise cachée.

— Ah ! reprit-elle avec un sourire verdoyant. Tu aimes les confitures, mon petit ami. Eh bien, quand tu en auras, tu en mangeras.

Là-dessus, chance imprévue, papa fit son entrée. Du bout des lèvres, il baisa la joue fripée de sa sœur. Il avait l'air poli, distrait :

— Alors, souffla Mme Troussereau, vous avez fait votre héritage?

— Mais non, disait maman. Rien que des meubles, pour l'instant. L'argent viendra plus tard.

La tante fit une moue et mit un lorgnon sur son nez qui était bref et fort impropre à cet usage.

— Des meubles? reprit-elle. Ceux qui sont ici? Oui, oui, je vois ce que c'est.

Elle se prit à regarder toutes choses autour de nous. Elle disait, de temps en temps : « C'est assez gentil... Oui... Ce n'est pas si mal... » Mais toute la gymnastique de ses rides signifiait : « Peuh... on me les donnerait, vos meubles, que je n'en voudrais pour rien au monde. »

Ainsi la tante, parfaitement à son aise, passait la maison en revue. Elle avait l'air d'un juge, d'un expert dédaigneux. Papa souriait jaune. Maman, les lèvres pincées, affectait la plus parfaite politesse.

— Je n'ai pas de conseil à vous donner, ma petite Lucie, disait Mme Troussereau; mais avec votre façon de ranger votre armoire, je me demande comment vous pouvez vous y retrouver.

Maman blêmissait doucement, car elle avait, juste, toutes sortes d'idées héréditaires sur la façon de ranger les armoires. Les Delahaie et les Pasquier se mesuraient du regard.

— Offre quelque chose à tante Anna, dit papa pour couper court.

La tante accepta du thé et prit quatre morceaux de sucre. Elle était, au su de l'univers, une héroïne de l'épargne; mais pas chez les autres. Elle buvait donc, et sifflait :

— Je ne sais pas ce que vous mettez là-dedans :
votre thé a un drôle de goût. Ça tient peut-être à
votre eau ou même à votre casserole. Ça ne fait
rien, c'est buvable.

Elle dit en partant :

— Tiens-moi donc au courant, Étienne. Ah! je vois,
au visage de ta femme, que, chez toi, on dit Raymond. Comme vous voudrez, mes enfants. Allons,
adieu! Et tiens-moi au courant.

La porte fermée, papa leva les épaules.

— Au courant? Au courant de quoi?

Mais maman partait à rire. Elle avait l'air trans-
portée. Elle tomba sur une chaise : le rire la secouait
toute et lui tirait des larmes.

— Au courant de quoi? Vraiment, mon pauvre
Raymond, tu n'as donc rien deviné? Quand il s'agit
de ta famille tu es naïf, naïf. Tiens, je ne suis pas
superstitieuse, mais, ce soir, je suis plus contente
que je ne saurais le dire. Rien que cette visite de
Mme Troussereau me ferait croire que nous allons
bientôt le toucher, l'argent du Havre. Oh! je la
connais, Ram : elle a senti l'argent.

CHAPITRE IX

Les dernières semaines d'école s'abîmèrent dans
la somnolence et l'anarchie. M. Joliclerc, exténué,
s'endormait au gouvernail. Parfois, il se réveillait
pour nous lire une histoire, et la classe retrouvait
une âme. Le reste du temps, cinquante cervelles
ingénues divaguaient à propos des grands événements qui se déroulaient dans le quartier. Une
guerre avait éclaté, fort cruelle, entre notre école et
l'école de la rue de l'Ouest. Échappées à la surveil-
lance des moniteurs, les cohortes s'affrontaient dans
des venelles presque désertes comme la rue du Texel
ou la rue du Moulin-de-beurre, que l'on était en
train de repaver et qui fournissaient, de ce fait,
cachettes et munitions aux redoutables porteurs de
lance-pierres.

Sous la sauvegarde presque paternelle de mon cher

Désiré, j'affrontais impunément toutes les embuscades et traversais les lignes de combat sans coup férir. Désiré Wasselin avait reçu de la nature le plus grand don qu'un homme en puisse attendre : le vrai courage, froid, fidèle, sans colère et sans haine. Je dis bien le plus grand présent... Les sociétés modernes, tout enivrées qu'elles sont de je ne sais quelle division dérisoire des besognes et des vertus, laissent croire à la plupart des hommes qu'ils peuvent se reposer du courage sur tels spécialistes stipendiés à cet effet; puis, saisies de brusques démences, les mêmes sociétés demandent à l'homme dépourvu quelque effrayante contribution de bravoure et de sacrifice. Et j'ai bien dit aussi, parlant de mon Désiré : le vrai courage, sans colère et sans haine, celui qui, pour s'ébranler, n'attend pas le coup de fouet venimeux de la frénésie, celui qui jamais ne ressemble à la peur, car courage n'est pas rage.

La vaillance a bien des visages : Désiré le fort, Désiré le résolu tremblait pour peu que retentît la voix de son père et c'est, je pense, qu'il aimait ce personnage mal aimable.

J'admirais donc le cher Désiré, je me confiais à son bras, je m'en remettais à lui de toutes vertus protectrices et, quand il vint à me manquer, je dus faire, douloureusement, l'apprentissage de certaine adversité, me former, petit à petit, une carapace et des pinces.

Sous l'aile de Désiré, je rêvais au chaud et à l'aise, je me racontais sans fin ces histoires de l'enfance, fruits duveteux et légers d'une imagination neuve. La plupart de ces histoires avaient trait à la vie et à la mort des fameuses tantes de Lima.

On ne peut dire que les nouvelles de Lima tardaient à venir puisque le temps prévu n'était point encore écoulé, mais l'impatience de notre famille croissait d'heure en heure, à l'approche du succès, de la délivrance. Aux débauches mythiques, aux épanchements de songeries et de projets commençaient à se mêler quelques accès d'humeur. C'est, bien sûr, à papa que je pense, papa seul que je mets en cause, car ses colères ont été l'un des grands soucis de mon enfance.

Elles étaient de plusieurs sortes, mais éclataient de préférence, quels que fussent leur objet et leur caractère, les jours où mon père se trouvait indisposé, déçu, pressé de travail ou de tracas.

Il me faut d'abord dire un mot de phénomènes bénins qui n'étaient pas de vraies colères et qui même, parfois, ne manquaient pas de gaieté, mais pouvaient toujours fournir un principe à la colère parfaite, telle une petite amorce enflamme toute une fougasse.

Je l'ai dit, mon père était, les bons jours, souriant, froid, dédaigneux. Il caressait d'un geste élégant ses belles moustaches flambantes. Il considérait le monde avec une indifférence souverainement philosophique. Il avait de grandes pensées, de grands desseins, une lourde tâche. De quel prix, de quel souci lui pouvait être, je vous le demande, l'agitation de ces fantoches dont il paraît que notre vain monde est peuplé ? C'était là l'état normal et force m'est de reconnaître que normal ne veut aucunement dire « le plus fréquent ». C'est bien dommage, d'ailleurs, car pour mystérieux et distant qu'il me parût en cet état, mon père était alors une divinité courtoise.

Malheureusement, le philosophe descendait parfois de sa colonne et toujours à la poussée de motifs pertinents, indiscutables. Mon père, par exemple, ne pouvait souffrir la laideur. Le spectacle du ridicule, chez les autres, le trouvait intolérant. La réaction était franche, immédiate, peu prévisible. Nous étions dans l'omnibus, un monsieur d'un certain âge, peut-être même décoré de la Légion d'honneur, ce qui, en ce temps-là, représentait presque un signe particulier, se mettait à bâiller, à rebâiller. Mon père, sortant de la réserve, prenait alors la parole. L'attaque, en général, était directe. « Allons, monsieur, disait-il d'une voix en même temps suave et sifflante, vous n'avez donc pas honte de nous montrer tout ce que vous avez dans la bouche? » Cette simple question produisait le plus grand effet. Toutes conversations suspendues, l'omnibus, haletant, attendait la suite avec, en même temps, l'espoir et la frayeur d'un scandale. Le bâilleur, stupéfait, bredouillait parfois une excuse, parfois, épouvanté, se levait en hâte, tirait la ficelle et quittait la voiture. Parfois, il protestait avec aigreur, avec noblesse, avec tristesse, avec indignation. Maman saisissait notre père par le bras et gémissait, pleine d'angoisse : « Raymond, Raymond, pour l'amour de Dieu! » Mon père, d'un geste calme et résolu, écartait cette prière amollissante. Allait-on l'empêcher d'accomplir son devoir, de confesser, de prêcher l'évangile du bon usage? Il promenait sur l'assistance un regard froid et luisant. Il souriait et prononçait avec une force glaciale : « Quand on est affligé de cette affreuse manie, monsieur, on prend un fiacre... » La température morale de l'omnibus montait brusquement au plus haut. Les droits et les devoirs de l'individu dans le sein de la société, voilà ce qui se trouvait en débat, et rien de moins. Nous autres, les enfants, nous attendions la catastrophe et feignions, mais en vain, de ne pas connaître l'extravagant défenseur des bonnes manières. En général, tout s'arrangeait :

le bâilleur lâchait pied, faisait place nette. Parfois, nous descendions nous-mêmes. Encore dois-je dire qu'à l'occasion mon père nous contraignait à dépasser notre but pour ne point donner à croire qu'il se dérobait et quittait la partie.

Il arrivait aussi que mon père, faute de conviction ou d'élan, n'attaquât pas franchement. Il laissait alors paraître tous les signes de ce que l'on pourrait appeler l'agitation préalable. Il haussait les épaules, hochait la tête, multipliait les « hum! » et les soupirs. Maman, sentant venir la crise, entrait en agonie et cherchait en vain des diversions. Puis papa, sans encore élever la voix, exprimait le plus clair de sa pensée par quelque mouvement non douteux. A l'homme qui menaçait de s'assoupir, il dédiait un mouvement charitable de la main, comme pour le remettre d'aplomb. Au gaillard qui s'introduisait les doigts dans le nez, il proposait ce geste qui accompagne en général les expressions comme « à bas les pattes! ». A la personne qui se grattait sans vergogne, il avait l'air d'offrir gracieusement assistance. Sous-entendu : « voulez-vous que je vous aide? ». Et, tout cela, sans la moindre trivialité, bien entendu, puisque le chevalier bataillait pour l'élégance et la bonne tenue.

Mon père ne pouvait supporter les grimaces, ni chez nous, ni chez les étrangers. Rencontrions-nous dans la rue un passant qui regardait le ciel en clignant de l'œil et en montrant les dents, papa lui disait tout net son sentiment sur cette pratique : « Pas de singeries, monsieur! Ou vous vieillirez avant l'heure. » Il avait une profonde horreur des tics et ne se retenait jamais de la manifester, surtout dans les endroits publics, sans pitié pour le tiqueur, et en s'efforçant même de rallier à ses critiques tout le reste de l'assistance. Il considérait avec un dégoût non dissimulé certaines disgrâces physiques et ne dédaignait pas de donner des conseils. Comme il était fort bien chevelu, par exemple, il morigénait les chauves, surtout quand ils avaient l'impudeur — le mot est de mon père — de ne pas mettre leur chapeau. « Allons, couvrez-vous, monsieur! Est-ce que je montre mes genoux? »

Rencontrions-nous un quidam d'une laideur excessive, papa levait les yeux au ciel et criait : « Il faut être beau! Je ne comprends pas... Pourquoi me tires-tu par la manche, Lucie? Je te répète qu'il n'est pas permis d'être laid comme certaines personnes que je préfère ne pas désigner plus clairement. »

Ces préoccupations esthétiques étaient parfois supplantées par des considérations d'hygiène. Mon père n'a jamais imaginé qu'il pût n'avoir point raison. C'est une chose à laquelle je pense quand il m'arrive d'être sûr, un peu trop sûr, de mon sentiment ou de mon droit. Papa ne pouvait souffrir qu'une femme portât un enfant de manière défectueuse. Il éclatait, pas d'autre mot. « Mais non, madame! on ne laisse pas pendre ainsi la tête d'un nourrisson. Vous en ferez un idiot ou un estropié, de ce petit. » La dame s'avisait-elle de protester, elle ou quelqu'un de sa séquelle, papa devenait péremptoire. « Pas d'explication. Je sais ce que c'est que les enfants, madame, j'en ai eu six. » Je l'ai vu saisir l'enfant et lui donner en grondant une position convenable. Il s'enflammait alors : « Je vais vous le porter jusqu'à votre maison. J'aime encore mieux ça. Vraiment, on n'a pas idée de pareils maladroits! » Et il s'en allait, effectivement, le marmot sur les bras.

Il y avait alors, en cet homme extraordinaire, du

redresseur de torts et même, chose inimaginable quand on songe à la suite de son existence, du censeur et du moraliste. Je voudrais insister sur le petit mot « alors » : comme tout ce qui est de la vie, les caractères se transforment.

Mon père ne détestait pas les démonstrations à grand spectacle et publiait sans hésiter sa doctrine et ses raisons. Un soir, à la suite d'un accès de rêverie familiale, père décida de nous emmener au théâtre et, naturellement, nous allâmes au plus près, c'est-à-dire à ce petit théâtre Montparnasse qui, je crois, existe toujours et auquel je ne peux penser sans un léger mouvement d'angoisse. On y jouait une pièce dont je ne saurais dire ni le sujet, ni le titre, ni l'auteur, ni quoi que ce soit, sinon qu'à certain moment une femme coiffée « en casque », les mains dans les poches d'un tablier noir, venait pousser des lamentations sur le sort d'un monsieur qu'on avait mis en prison. La salle était tout échauffée par les globes laiteux des becs de gaz et par le souffle d'une grosse foule populaire. Soudain, je vis papa fouiller dans sa poche et sortir son trousseau de clefs. Ce devait être un geste connu de ma mère, car elle devint verte et se prit à trembler. « Ram... pour l'amour de Dieu! » Mon père avait enfin trouvé la clef creuse qui lui paraissait convenable. Il la mit à ses lèvres et commença de siffler. Un sifflet strident, discordant, opiniâtre. L'actrice s'arrêtait, saisie. En une seconde, la salle entière fut debout. Papa s'était dressé de même, la moustache hérissée, pâle mais encore souriant. « Je ne comprends pas, dit-il dans un soudain silence, je ne comprends pas qu'un théâtre honorable joue de pareilles ordures! » Il y eut des rafales de cris et, bientôt, de hurlements. « Va-t'en! » clamaient les galeries. Et même : « On va te sortir! »

Père saisit des deux mains la rampe à velours grenat. « J'ai payé ma place, dit-il. Je m'en irai quand il me plaira. »

Il se rassit dans la tempête. Nous ne partîmes qu'à l'entracte. Chose étonnante, l'algarade n'eut aucune complication au moment de notre sortie. Avec des mots et de la fermeté, on tient beaucoup de gens en respect. Papa répétait, tout haut, pendant que nous traversions les groupes : « Je ne comprends pas!... » Oh! c'est qu'il était peu tendre pour ce qu'il ne comprenait pas!

Je ne sais pas s'il faut, toutefois, donner le nom de colères à ces manifestations publiques et véhémentes de certaines manières de voir. Dans le même ordre de faits, il me faudra sans doute raconter, le temps venu, cette altercation terrible qui nous fit quitter la rue Vandamme et que, dans mon jargon personnel, j'appelle encore « la colère au propriétaire », comme on dit « la sérénade à Marguerite » ou « la Sonate à Kreutzer ».

Ces comparaisons musicales ne sont pas hors de propos. Mon père, dans ses emportements, avait quelque chose d'un artiste. Il perdait rarement le contrôle de son personnage. Il semblait se gargariser de sa voix, de sa maîtrise. Il s'écoutait, c'est bien le mot, et je l'en ai vu sourire, même au plus fort du mouvement. Il ressemblait à ces ténors qui s'essaient dans leur grand air et se demandent, en regardant le public, si ça vaut vraiment la peine de risquer l'ut de poitrine. Je ne saurais dire quelles étaient, dans ses éclats, les proportions de vrai courroux, de sport, de curiosité, d'expérimentation et, sans doute aussi, d'habitude. Papa pouvait rester de longs mois sans colère, tels ces virtuoses qui, pressés de soucis accessoires, demeurent toute une saison sans toucher à leur instrument. Ce qui m'a toujours frappé, c'est la brusque chute du phénomène. Telle une bulle de savon — oh! une bulle bien sonore — la colère s'évanouissait soudain. L'homme terrible se prenait à sourire. Cinq minutes plus tard, il n'y pensait plus, il ne nous gardait pas rancune de ses magnifiques désordres. Il s'étonnait de nous voir pâles et tremblants. Il était, de nouveau, maître de ses nerfs et, tout aussitôt, galant, gracieux, serviable. Il tirait sur ses longues moustaches et commençait de nous dépeindre l'avenir, cet avenir dont il n'a cessé de parler, jusque sur le seuil de la tombe.

Pendant ce fameux été, papa fit donc plusieurs colères démonstratives, exemplaires, et toutes à propos de l'affaire du Havre. Il avait, les premiers temps, ne voulant pas écrire lui-même, dicté des lettres à maman. Le notaire, au début, répondit de brefs billets recommandant la patience. Puis il se lassa de répondre et ce fut le silence complet.

C'est à propos de ce silence que papa commença de faire des « gammes ». Il disait, l'air glacé, mais le poil raide, l'œil décoloré :

— Je vais y aller moi-même.

— Où donc? haletait maman.

— Poser des questions au notaire.

— Ram, tu ne feras pas ça. Je te connais, Ram. Ce serait épouvantable.

Sur ces mots, papa faisait « hum! hum! » et il dédiait à la corporation des notaires en général et à celui du Havre en particulier une de ses plus riches vocalises.

Chose étonnante, lui qui se montrait si profondément choqué par les chamailles des Wasselin, il ne pouvait admettre qu'une colère est une colère, un cri un cri. Il n'aurait souffert aucune comparaison entre ses brillants solos et le triste chœur des voisins. On l'aurait sans doute offensé en lui dépeignant les Wasselin stupéfaits, la bouche ouverte, écoutant M. Pasquier en train de donner de la voix. Il était beaucoup trop sûr du bien-fondé de son courroux, du caractère sacré de sa cause. Il criait :

— De l'argent? De l'argent? Oui, je veux de l'argent. Et pourquoi? Pour continuer à m'instruire, pour m'élever au-dessus de moi-même, pour devenir un homme supérieur, montrer ce que j'ai dans le sang. Et tout le monde se met en travers de ma route, même cet imbécile du Havre!

— Ne crie pas si fort, Raymond. Si quelqu'un t'entendait et l'écrivait au Havre, ça n'arrangerait pas nos affaires.

— Je l'écrirai bien moi-même.

— Raymond, je t'en supplie!

La voix du chanteur atteignait le registre extrême. Plus rien à faire de ce côté; il fallait, pour le soulagement, se réfugier dans l'acte. Papa cherchait, d'un œil pâli, presque blanc, un objet friable et qui, quand même, ne fût pas exceptionnellement coûteux. Un jour, comme nous étions à table, il saisit le plat qui était, comme on l'a deviné sans doute, un grand plat plein de lentilles.

— Raymond! gémit maman. Le déjeuner des enfants.

— Ils mangeront autre chose, dit fermement l'homme superbe. Et, d'un geste très adroit, il jeta le plat par la fenêtre.

Nous habitions au cinquième. La fenêtre donnait sur l'impasse. Il y eut un moment de stupeur, puis on entendit un cri.

— Oh! Raymond, tu as tué quelqu'un, dit mère avec douleur.

Papa était très pâle. Mais, déjà, Joseph, à plat ventre sur le balcon, inspectait les régions inférieures.

— Il n'y a rien, murmura-t-il. C'est Mme Tesson qui a eu peur et qui a poussé ce cri : elle était sur le pas de la porte.

Papa se calmait, brusquement. Maman bégayait encore :

— Raymond! Pour l'amour de Dieu!

CHAPITRE X

OBSERVATIONS INCIDENTES SUR LE SENTIMENT RELI-
GIEUX. ENTRETIEN SUR L'ENFER. Mlle BAILLEUL
CHEZ LES INFIDÈLES. DÉBUTS DE MON CHER DÉSIRÉ
DANS LA FOI. UN VŒU. AUTRES NOCTURNES.

A vrai dire, l'amour de Dieu, cet amour auquel
maman faisait de si fréquentes invocations, ne tenait
plus, dans ce cœur surchargé de soins, une place
bien évidente.

Les Delahaie de Paris avaient élevé maman dans
la religion catholique. Pour autant que je le sache,
ils étaient d'une très honnête et probablement très
loyale piété. Ma mère, au moment de son mariage,
accomplissait encore avec élan toutes les pratiques
du culte et, pendant ma petite enfance, je l'ai vue
souvent prier de façon d'autant plus pressante que
les tourments ne lui faisaient pas défaut. Par la
suite, elle cessa de prier et de fréquenter l'église,
sauf dans les occasions solennelles, mariages, fêtes
funèbres, où le rite religieux reprend si naturellement
son prestige et ses vertus. Je peux presque affirmer
que cette désaffection n'eut aucun fondement philosophique : il faut, pour philosopher, des loisirs et

de l'exercice. J'ajoute que les malheurs et les deuils d'une existence fort traversée ne suffiraient pas à donner le sens de ce revirement : l'excès de misère et la déception tiennent somme toute un petit rang parmi les causes d'incroyance. C'est la position morale de mon père qui suffit à tout éclaircir. Je me hâte d'ajouter que si mon père avait fait montre d'une irréligion agressive, il eût beaucoup moins sûrement gagné sa compagne, peut-être même aurait-il déchaîné des ardeurs prosélytiques, un désir non de salut mais bien plutôt de sauvetage, quelque chose, si je peux ainsi parler, comme un fanatisme de terre-neuve.

Mais non, mon père marquait, pour les choses de la foi, cette indifférence polie, cet assentiment extérieur que l'on doit considérer, bien plus que les fureurs anticléricales, comme un présage alarmant dans l'histoire d'une religion.

Mon père a fait baptiser ses enfants et les a laissés communier. Il s'est marié, bénévolement, à l'église et son cadavre a, plus tard, traversé l'église, encore, avant de descendre en terre. C'est tout, absolument tout. Pures conventions mondaines. Mon père est demeuré, j'en suis sûr, étranger au grand drame de conscience qui a bouleversé tant d'âmes et enfanté notre monde convulsionnaire. Je suis même tenté de croire que mon père n'a connu ni l'une ni l'autre des deux grandes crises métaphysiques dont tant d'hommes sont saisis, une première fois quand leur est conférée la puissance mystérieuse de créer de la vie, une seconde fois quand cette même puissance commence à se retirer de leurs flancs.

Mon père a donc vécu sans Dieu. Cette remarque n'est pas un jugement. J'ai, moi aussi, vécu sans Dieu, mais non de la même manière et pour des raisons et dans telles circonstances que je remets d'expliquer à plus tard. Je dois faire, du phénomène, une mention, même sommaire. On ne saurait le méconnaître quand on songe au monde moderne.

Environ le temps que nous débutions rue Vandamme, j'entendis ma mère dire à Mlle Bailleul : « Si Raymond va en enfer... oh! croyez bien, mademoiselle, qu'il ne fait rien de répréhensible, seulement il ne pratique pas du tout, et je pense que c'est assez grave. Eh bien, si Raymond va en enfer, j'aime encore mieux aller avec lui que de monter dans ce ciel où je serais toute seule. Pensez, mademoiselle : toute seule. »

Mlle Bailleul secouait la tête avec désespoir et se lançait dans des explications non pas sentimentales, mais bien techniques. Elle avait, sur l'enfer, des vues médiévales et des renseignements d'une précision hallucinante. Mère hochait les épaules avec politesse, mais n'écoutait pas, déjà rendue à ses inquiétudes, à ses supputations, à ses projets.

— Les volcans eux-mêmes, disait Mlle Bailleul, sont une preuve effrayante de l'enfer. Et le soufre que les volcans vomissent parfois, c'est exactement celui dans lequel les damnés sont plongés par le diable. Du soufre en fusion, bien entendu.

Maman relevait la tête, ajustait des lunettes pour enfiler son aiguille, aspirait l'air entre ses incisives et formulait une remarque telle :

— Si je mourais maintenant, bien sûr, ils auraient tout de suite l'argent...

— Qui? demandait Mlle Bailleul désarçonnée. Les damnés? Mais il n'y a plus d'argent en enfer. Si, je veux dire qu'il y en a encore, mais seulement pour donner aux avaricieux le supplice de la tentation.

— Je ne parlais pas de vos damnés, murmurait maman avec une expression d'horreur. Je parlais de mon mari et de mes enfants. Si je mourais maintenant, ils auraient tout de suite l'argent des titres qu'on ne peut vendre qu'après ma mort. Sans compter l'autre, celui que nous espérons, celui de mes sœurs de Lima. Enfin, ils en auraient tout de suite. Mais qu'est-ce qu'ils feraient, mon Dieu! si je mourais maintenant! Et je ne parle pas des pauvres petits, je pense même à mon Raymond. Il a l'air, comme ça, jeune et fort. Et, depuis sa grande maladie, il est fragile, très fragile. Si je n'étais pas là pour lui frictionner le dos, il mourrait, mademoiselle, il ne serait pas long à mourir.

Mlle Bailleul, non pas émue mais déroutée, renonçait à ses peintures de l'enfer et regardait à droite et à gauche d'un air inquiet.

— Où sont les enfants? demandait-elle.

Mlle Bailleul ne se détachait pas de ses brebis. Depuis notre emménagement rue Vandamme, elle nous rendait de fréquentes visites. Elle s'occupait de Ferdinand qui s'allait préparer pour la première communion. Bien que je fusse encore jeune, elle me couvait déjà, car j'avais passé l'âge dit de raison. Elle me donnait, au vol, mille clartés sur le catéchisme. Le mot de clarté n'est pas trop fort : Mlle Bailleul jouissait d'une foi lumineuse et simplificatrice. Un jour, elle me trouva jouant avec Désiré Wasselin.

— Vous êtes l'ami de Laurent? lui dit-elle.

— Oui, mademoiselle.

— Vous êtes baptisé, bien sûr? Et catholique, j'espère?

Désiré fit « oui », de la tête.

— Quand avez-vous fait votre communion? Vous êtes un grand garçon déjà.

Désiré baissa le nez et finit par avouer qu'il n'avait pas encore fait sa communion, que ses parents avaient trop de soucis, que ce n'était pas leur faute... Mlle Bailleul écoutait, l'œil étincelant, les lèvres baignées de salive, ravie à la pensée de cette brebis découverte, de cette douce proie céleste. Elle fit, sur l'heure, une visite aux Wasselin. C'était le soir, M. Wasselin, en pantoufles, reçut la missionnaire. Demeurés sur le palier, devant la porte ouverte, tous deux, le futur catéchumène et moi, nous surprenions les bribes de l'entretien.

— Un pauvre d'esprit! excellente mademoiselle, modulait le père douloureux. Un pauvre d'esprit, un enfant déchu. C'est dire que le royaume des cieux... Vous connaissez la chanson beaucoup mieux que moi. Ça ne fait rien, si vous pensez que ça peut lui faire une belle jambe... Non, pardon, mademoiselle, je dis ça, mais je pense à son âme... Vous dites, mademoiselle, tous les frais... je vous prie de croire que je ne suis pas hors d'état de subvenir aux besoins de ma progéniture, même à ses besoins spirituels. Enfin, nous acceptons, pour les frais, sauf, bien entendu, pour le repas de communion... Je vous demande pardon, mademoiselle : pour le repas, je n'ai besoin de personne et je connais mon devoir. Il est bien entendu, mademoiselle, que vous nous ferez l'honneur et l'amitié d'assister à cette agape... Plaît-il? Non. Rien. Prrrt.

Même assourdi, même vaporeux, le « cri de guerre » pouvait épouvanter la visiteuse angélique. Il n'en fut rien. Mlle Bailleul tint bon, fixa des rendez-vous, des jours, des heures, arrêta toutes sortes de dispositions.

— Je prendrai Désiré, dit-elle au moment de partir, en même temps que le petit Laurent Pasquier. Ils sont amis, c'est une chose excellente.

Mlle Bailleul, sans plus tarder, commença de nous donner les éléments de l'instruction religieuse. Mon cher Désiré fut tout de suite conquis. Le mauvais élève de la rue Desprez promit, dès le premier jour, d'être un aigle du catéchisme.

A quelque temps de là, comme nous devisions paisiblement sur le balcon, dans la fumée des trains, par une soirée de l'été finissant, Désiré se lança dans une confidence obscure.

— J'ai fait un vœu, Laurent.

— Qu'est-ce que c'est qu'un vœu?

— C'est une chose que l'on promet, oui, une promesse, une promesse terrible et qu'il faut absolument tenir.

J'écoutais, l'œil grand ouvert. Je ne comprenais pas fort bien. Désiré Wasselin était mon aîné de trois ans. Il connaissait beaucoup plus de mots et d'idées que moi.

— Quelle promesse as-tu faite? dis-je enfin.

— J'ai fait un vœu, oui. Si papa...

Désiré s'arrêtait, l'air réticent.

— Je ne peux pas t'expliquer ça. Tu es trop petit. Et puis, c'est mon secret, à moi seul. Si papa... devient... enfin, s'il fait certaines choses que je ne peux pas te dire, eh bien, pour remercier le bon Dieu, je deviendrai prêtre. Tu comprends, Laurent?

J'étais abasourdi, mais frappé d'admiration par la grandeur du dessein.

— Mais, dis-je enfin, si ton papa... s'il ne veut pas faire les choses que tu penses...

— Eh bien, je ne serai pas prêtre.

— Que feras-tu, Désiré?

— Rien. Je ne sais pas. J'aime mieux ne pas y penser.

Je l'ai dit, l'été finissait. Nous l'avions passé sur

le balcon, sur le palier et, furtivement, dans les rues de notre quartier. L'été s'achevait. De nouvelles du Havre, point.

— Évidemment, disait papa, je peux renoncer. Cleiss m'a proposé des travaux qui suffiraient à faire bouillir la marmite, mais qui me prendraient tout mon temps. Or, je passe en mars mes premiers examens. Renoncer serait une folie, je ne veux pas renoncer. Je... ne... veux... pas. En attendant, si la lettre du notaire n'arrive pas, je vais accepter une partie des travaux dont m'a parlé Cleiss, des choses à faire la nuit.

Papa revenait, le soir, avec toutes sortes de gros livres et j'étais de nouveau réveillé vers le petit matin par les soupirs qu'il poussait en se brûlant la main pour s'empêcher de dormir.

Maman cousait, lavait, reprisait. Parfois, l'œil large ouvert, les lèvres écartées montrant sa denture qu'elle avait large et saine, le petit doigt séparé du reste de la main tirant l'aiguille, elle écoutait des choses que nous ne pouvions percevoir. Oh! des choses familières : le chantonnement du gaz sous la marmite, la fuite susurrante du robinet, sur l'évier, peut-être même le bruit vivant du temps qui coule, du loyer qui grignote comme un rat, minute à minute, les maigres réserves, la plainte imperceptible des souliers qui s'usent, la rumination des petites bouches qui veulent de la nourriture, l'appel de l'impôt, à l'affût. Et que sais-je encore? Est-ce que l'on ne peut pas entendre, quand on tend une fine oreille, tous les soupirs de la vie qui s'en va, de l'argent qui s'évanouit, de la pensée qui bat de l'aile et s'épuise.

Parfois, maman disait :

— Sûrement, ça va venir. Nous en avons trop besoin. Ça ne peut plus ne pas venir.

Dès ce temps, elle ne priait plus de façon rituelle. A mi-voix, elle marmonnait des invocations étranges : « Mon Dieu, que faire? Les examens de Raymond, toutes les études, je sais que c'est sacré, je sais que c'est pour notre bien. Mais en attendant ça va devenir difficile. Et cette lettre de Lima qui n'arrive pas. Et mes pauvres sœurs de Lima qui ne donnent pas signe de vie. Oh! je suis folle, je suis folle! Comment pourraient-elles donner signe de vie, mon Dieu, puisqu'elles sont mortes? Toutes ces lettres de notaire, ça ne signifie rien. Je ne peux pas leur écrire, à mes sœurs de Lima, puisqu'elles sont mortes. Et pourtant, ce qu'il faudrait, c'est une lettre personnelle, quelque chose qui explique tout, quelque chose qui vienne du cœur. »

CHAPITRE XI

L'automne de cette année-là fut marqué par plusieurs événements notables.

Tout d'abord, Joseph refusa de continuer ses études. Cette décision jeta notre père en fureur et maman dans un grand trouble.

— Voyons, Joseph, disait-elle, tu parles d'arrêter tes études au moment même que ton père en commence de terriblement difficiles. Et pourtant ton père n'est plus jeune... C'est-à-dire qu'il est encore jeune et même qu'il a l'air tout à fait jeune... Tu sais, Raymond, que je n'ai pas là-dessus les mêmes idées que toi. Enfin, je n'ai pas voulu te blesser. Assurément, tu ne parais pas ton âge, même à beaucoup près. Mais, comprends-moi, Joseph, des études, il paraît qu'avec les progrès de maintenant c'est absolument nécessaire.

Joseph avait le regard rétif d'un cheval qui ne veut pas sauter l'obstacle. Il était grand, assez

robuste. Il déployait une grosse voix mâle. Il se prit
à gratter le sol avec la pointe de ses chaussures. Papa
grondait.

— Si ce n'est pas de la paresse pure et simple,
donne tes raisons.

Joseph ne refusait pas de s'expliquer :

— Des raisons, j'en ai beaucoup. D'abord, je ne
suis pas fait pour les études. Oh! je ne suis pas plus
bête qu'un autre, mais toutes ces histoires ne me
disent rien du tout. Ce n'est pas mon genre. Et je
suis même sûr que les trois quarts de ce qu'on apprend,
c'est parfaitement inutile, au moins pour ce que je
veux faire. Et puis, il faut toujours acheter des livres
et des fournitures, même dans cette école où j'étais.
Nous n'avons pas les moyens d'acheter tant de
choses.

— C'est une mauvaise raison, dit le père avec
amertume. Si tu avais vraiment la moindre envie
de t'instruire, tu les volerais plutôt, les livres...

— Ram, s'écria maman, ne lui donne pas, même
en riant, un conseil de cette espèce.

— Il sait bien ce que ça veut dire. Des livres!
Des livres! On les ferait sortir de terre, quand on en
a vraiment besoin.

Mon père tirait sur sa moustache. Il avait l'air
profondément déçu. Alors qu'il se préparait à donner
lui-même, pour l'ascension de la tribu, le plus grand
effort de sa vie, voilà que, déjà, l'équipe de relève
manifestait des signes de fatigue. Il dit enfin :

— Que veux-tu faire?

Joseph tenta de se justifier.

— Si je poursuis mes études, je resterai bien huit
ou dix ans sans gagner d'argent. Tandis que si je
commence tout de suite, dans le commerce...

Le grand mot était lâché, le mot vague et prestigieux. En ce temps-là, qui n'est pas fort lointain, on ne disait pas encore « les affaires » avec l'accent spécial qu'on y met aujourd'hui. On disait, de façon plus modeste et plus précise, « le commerce ».

Joseph entra donc dans « le commerce ». Une maison de commission le prit pour deux ans, au pair, en apprentissage. Papa levait les épaules et poussait de grands soupirs. Il n'avait jamais pu se courber sous aucun joug. Les mots d'emploi, d'employé lui donnaient des crises de rage.

J'ai raconté, brièvement, elle ne mérite rien de plus, cette petite scène familiale. Elle fixe un point d'histoire et j'y pense volontiers quand Joseph dit aujourd'hui : « Mes parents m'ont prié d'interrompre mes études. Ils m'ont retiré de l'école en plein succès. Ça ne m'a pas empêché d'arriver, bien sûr : mais imaginez ce que j'aurais donné si j'avais été favorisé comme les autres, je veux dire comme les petits... »

La vie aime l'équilibre : alors même que Joseph signait cette précoce démission, je me révélai, tout soudain, comme un excellent élève. Je n'ai pas lieu de commenter cette transformation. Je me rappelle simplement que toutes choses me devinrent proches, sensibles, transparentes. On a dit de la nature qu'elle ne faisait pas de sauts! Et si je considère non pas même mes observations de savant et les recherches auxquelles j'ai donné le meilleur de mes forces, mais bien mon histoire et mon expérience personnelles, je ne vois que bonds, que volte-face, que surprises, illuminations et revirements.

L'école de la rue Desprez, où nous nous étions maintenus, devint bientôt pour moi l'un de ces lieux bénis où l'orgueil sème et récolte avec un bonheur constant. Cette allégresse du travail ne me faisait pas oublier les angoisses de la maison. Midi et soir, en rentrant, je m'arrêtais chez la concierge et toquais au carreau. « Non, non, me disait-elle, rien pour Pasquier. » Les jours de vacance, si je jugeais passée l'heure d'une distribution, je descendais furtivement, sur la pointe de l'orteil. Je savais, dès cet âge tendre, que le courrier de la province arrive souvent l'après-midi. Parfois, j'apercevais Mme Tesson dans la cour, en train de brosser des nippes ou de faire la causette. Je lui disais : « Rien pour nous? » Elle haussait les épaules : « Deux ou trois papiers, peut-être bien. — Mais des lettres? — Peut-être bien une lettre. Je vais voir ça tout à l'heure. — C'est, murmurais-je en rougissant, que nous attendons une lettre, une lettre qui viendrait du Havre. » Mme Tesson finit par se rappeler le mot et, en me voyant passer, elle disait, l'air bourru : « Monte seulement, mon petit gars. Encore rien du Havre aujourd'hui. »

Un soir, au début de l'hiver, en revenant de l'école, j'eus comme un éblouissement. La concierge devait être en course : sa porte était fermée. A travers la vitre, j'apercevais la petite table sur laquelle on entreposait le courrier des locataires. La nuit tombait déjà. La loge était fort sombre. Le bec de gaz du vestibule laissait choir un rayon dansant sur les lettres éparses et je vis que l'une de ces lettres portait notre nom : Pasquier. C'était une enveloppe blanche, de format commercial. Dans l'angle, on distinguait deux ou trois lignes imprimées. En écrasant mon nez sur la vitre, je finis par distinguer : *Étude...* mot qui commençait de me signifier quelque chose. Et, plus bas, un autre mot, le mot tragique, le mot Havre.

Je sentis mon cœur sauter comme un chevreau. Ferdinand n'était point de retour : il préparait le certificat et suivait un petit cours supplémentaire.

Désiré, qui m'avait devancé, montait les degrés lentement en heurtant le fond des marches, notre bruyante coutume. D'un bond, je fus sur lui. « Désiré, fis-je, elle est là! » Il ne se trompa même pas une seconde sur le sens de cette phrase sibylline. Il dit : « La lettre du Havre? — Oui, mais Mme Tesson est partie je ne sais où. Je monte prévenir maman. » Désiré m'emboîtait le pas. « Ah! dit-il, l'air pénétré. Elle est là! Je l'aurais juré... — Comment pouvais-tu le savoir? » Désiré fit, tout en montant, un mouvement des épaules comme pour éluder la question, puis il murmura, baissant la tête : « J'ai demandé à Mlle Bailleul de m'apprendre une prière et j'ai prié pour ta lettre. Et, tu vois, elle est arrivée. » Son regard brillait de joie. Nous arrivions sur le palier. Notre porte était close. Personne à la maison, ce qui n'arrivait pas souvent. Je pris la clef sous le paillasson. Elle était enveloppée d'une feuille de papier blanc sur laquelle mère avait écrit : « Si vous avez absolument besoin de moi, je suis au lavoir de la Gaîté. »

— Attends ta mère chez nous, me dit Désiré Wasselin. Ou, si tu vas chez vous et que tu ne veuilles pas rester seul, je te rejoindrai dans un instant.

Je demeurais, le papier aux doigts, perplexe et, sans savoir pourquoi, soudain très triste. J'avais cru deviner que maman allait au lavoir public pendant que nous étions en classe, et cette idée m'effrayait. J'avais, de ce lavoir, une peur déraisonnable. Son haleine, respirée au passage, me soulevait le cœur. De son corridor étroit s'échappait, avec l'odeur, un bruit terrible et confus. Deux gaillards en maillots rayés paraissaient souvent sur le seuil et manipulaient en jurant de hideux ballots de linge sale.

Je pensais à toutes ces choses et n'en pris pas

moins une ferme résolution. « Je vais aller dire à maman que la lettre du Havre est chez Mme Tesson. — Si c'est ça, fit Désiré, je vais avec toi. »

Nous descendîmes ensemble. Quelques minutes plus tard, nous passions, la main dans la main, la porte au drapeau de zinc.

Si la gaieté se nourrit de bruit, le lavoir de la Gaîté n'avait pas volé son nom; mais, vraiment, rien n'était plus triste que le bruit de cette caverne. Dès le seuil, nous fûmes parfaitement abasourdis par un terrible vacarme de battoirs, de cris, de rires et de vapeur sifflante. De grosses lampes embrumées brûlaient au milieu des nuages. Un peuple de femmes besognaient, debout devant des baquets. Tout au fond de la salle, une marmite gigantesque répandait des flots de fumée. Un homme, pareil au démon, y brassait je ne sais quoi. J'eus le sentiment d'entrevoir l'enfer de Mlle Bailleul.

— Qu'est-ce que vous voulez, les gosses? fit un bonhomme à casquette qui devait être le patron.

Désiré répondit avec beaucoup d'assurance :

— On veut voir Mme Pasquier.

Le bonhomme cria « Pasquier! ». Ce nom, qui fait partie de moi, me parut complètement étranger, méconnaissable.

Maman venait de surgir. Comme elle était petite et humble! Que son visage était las! Elle s'efforçait de sourire. Elle s'essuyait les mains à son tablier de grosse toile. Elle dit :

— Qu'est-ce que vous voulez, mes enfants?

— Maman, fis-je, la lettre est là!

Le visage de ma mère s'éclaira joliment. Elle savait bien ce que je voulais dire. Elle se prit à trembler du menton, si fort que c'était presque drôle.

— J'ai justement fini. Attendez, mes enfants.

Elle remplit un panier en m'expliquant certaines choses :

— Je viens ici pour les draps et d'autres pièces de lingerie que je ne peux ni faire couler ni faire sécher à la maison. Je comprends ton sentiment, Laurent; mais il ne faut jamais venir ici me troubler dans mon travail, sauf, bien entendu, pour la lettre du Havre.

Elle retira son tablier, couvrit le panier plein, rabattit ses manches et disposa sur sa tête une mantille de dentelle noire. Puis elle prit le panier du bras gauche et me tendit la main droite.

— Maman, fis-je à peine dans la rue, la lettre était sur la table de Mme Tesson. Je l'ai vue, la lettre, mais je n'ai pu la prendre. Mme Tesson était en course. Je pense qu'elle sera rentrée.

Mme Tesson était rentrée.

— Tenez, fit-elle en bougonnant, la voilà, cette fois, votre lettre.

Maman monta trois marches. Elle tenait le panier d'une main, la lettre de l'autre.

— Oh! dis-je, lis-la tout de suite.

— Non! répondit-elle. Chez nous.

L'escalier était long, le panier lourd. L'ascension allait lentement. Parfois, maman froissait la lettre entre son pouce et son index. En arrivant au quatrième étage, elle s'arrêta pour souffler. Elle se prit à hocher la tête.

— La lettre est bien légère, bien mince! Mon Dieu, si ce n'était pas ça! Si ce n'était pas ce que nous attendons!

Maman faisait toutes choses avec beaucoup d'ordre. Elle ouvrit la porte, puis alluma soigneusement la grosse lampe de la salle à manger, la grosse lampe de cuivre. Comme elle avait les doigts humides, elle sécha le verre de la lampe avec un torchon bien propre. Puis elle s'assit sur une chaise et ouvrit l'enveloppe du notaire. Je la regardais ardemment et, voyant trembler son menton, pensais à mille choses confuses, à mille êtres inconnus, aux examens de mon père, aux tantes de Lima, à l'aïeul Guillaume Delahaie, à l'exécution du maréchal Ney... « N'aie pas peur, Guillaume... »

— Non, dit enfin maman en secouant la tête.

— C'est bien la lettre du Havre?

— Oh! c'est une lettre du Havre. Ce n'est pas la lettre du Havre.

— Mais qu'est-ce que c'est, maman?

— Un papier qu'il faut signer. Je ne peux t'expliquer. Enfin, ça prouve quand même que cette malheureuse affaire suit son cours.

Maman laissa tomber la lettre sur ses genoux. Elle sentait l'eau de Javel et le savon. Elle avait les mains plissées, macérées par la lessive, et d'une blancheur douloureuse. Dès ce temps, elle portait son alliance à l'auriculaire, car ses doigts avaient grossi.

Maman regardait devant elle, fixement, vers le mur et plus loin que le mur.

— Oh! fis-je en remuant ma main devant ses yeux, ne regarde pas ainsi.

— Pourquoi?

— Ça me donne mal au cœur.

Ce soir-là, papa rentra très tard, bien après notre dîner. Il avait dû manger au-dehors et s'installa tout de suite devant sa table de travail. Je couchais depuis quelques jours sur le fameux divan de Cécile. Je m'y tenais bien coi, dormais ou faisais semblant et ne gênais pas mon père.

— Que penses-tu de cette lettre, Raymond? disait maman.

Papa haussa les épaules.

— Elle signifie clairement que les choses ne sont pas finies. Un pouvoir! Ils en sont encore à demander un pouvoir! Nous en avons pour deux ou trois mois, en mettant les choses au mieux. Avec ce que je dois toucher de Cleiss, nous pouvons aller deux mois.

— Mais, Ram, les enfants ont absolument besoin de vêtements d'hiver. Et des chaussures et du linge! Et le terme dans six semaines! Nous n'arriverons jamais.

Papa fit un long soupir.

— J'ai pensé, dit-il, à porter, pour nous permettre d'attendre, quelque chose au mont-de-piété.

— Je ne dis pas non, mais quoi?

— Le piano, par exemple.

— Effectivement, le piano.

— Je le ferai enlever demain.

— Note bien, Raymond, dit encore maman, que l'affaire suit son cours, puisqu'il demande un pouvoir. Nous finirons par le toucher, cet argent.

— Oh! bien sûr, quand nous serons tous morts et enterrés. Mme Delahaie doit bien rire, dans l'autre monde.

Le lendemain matin, quand nous revînmes de l'école, le piano était parti. Cécile, depuis la rentrée, partageait son temps entre ses leçons de musique et les classes de la rue Crocé-Spinelli où je la prenais au passage. Elle dit :

— Où est mon piano?

Maman soupira, l'air gêné :

— Il est en réparation.

— Mais, dit la petite fille, il n'était pas cassé.

Elle se prit à sangloter. Papa fronçait les sourcils et tirait sur sa moustache. Cécile refusa de déjeuner et même d'aller en classe. Elle s'était réfugiée à plat ventre sous un lit et ne cessait pas de pleurer. Journée misérable. Vers le soir, père eut avec maman un entretien à voix basse :

— Je porterai nos deux montres. Elles sont en or, toutes les deux. Et je reprendrai le piano.

— Mais, Raymond, rien que le transport! Ça va manger un bon tiers de la somme.

— Tant pis! Je me suis trompé. Je mettrai aussi ton camée et mon épingle de cravate. Mais je ne peux pas supporter d'entendre pleurer cette petite. Après tout, elle a raison. C'est son goût, son avenir.

Maman hochait les épaules. Papa se remit au travail.

Le lendemain, il y eut des jurons de déménageurs dans l'escalier. Le piano reprit sa place et Cécile sa gaieté. On entendit plus souvent papa nous crier de loin : « Quelle heure est-il, à la pendule? »

CHAPITRE XII

NUITS D'HIVER. FRAYEURS ET FANTÔMES. MAUX
D'OREILLES. CONNAISSANCE DE L'HÔPITAL. POISSON
ROUGE ET CANARI. EXCURSIONS AU MONT-DE-PIÉTÉ.
APPARITION D'UNE COMÈTE.

Hiver, hiver, tunnel ténébreux! Le temps gronde,
le vent soupire et l'on aperçoit de loin, très loin,
peut-être de l'autre côté de la terre, une lueur bleue,
éblouissante. C'est là-bas, tout là-bas, que le tunnel
s'ouvre enfin sur une saison plus miséricordieuse.

Il faut vivre et patienter. Les nuits sont infinies,
visitées de rêves tourmenteurs. Pourtant, bien close
est la maison : l'air chante en vain sous les portes
et fait sonner, par accès, le rideau de fer des cheminées. Le feu prisonnier se meurt dans le creux de
la cuisinière. On a laissé toutes les portes ouvertes
pour que les dernières bouffées de chaleur arrivent
jusqu'au seuil des chambres. Père travaille, roulé
dans sa robe de moine. Il répète des bouts de phrase
en remuant les lèvres. Tantôt il retient son haleine
et tantôt il la libère avec un « han! » de manouvrier.
Il ne sait pas encore très bien faire travailler son
esprit sans contracter un peu ses muscles, à la façon
de ses ancêtres, les paysans.

Maman coud, dans la salle à manger. Elle va vite, elle est pressée. Je ne saurais vraiment pas l'imaginer nonchalante. Elle sera toujours pressée, même plus tard, dans le paradis, dans le séjour du repos, de ce repos qui ne peut être qu'une espèce de travail agréable et sans surprise, comme de marquer du linge ou de faufiler des ourlets. De temps en temps, maman parle à voix basse, pour elle seule. C'est qu'elle fait ses comptes, ou tire des plans ou compose en secret le brouillon d'une lettre pour Lima, d'une lettre imaginaire.

Les deux frères aînés dorment dans leur chambre et Cécile dans le lit de bois. On les entend respirer, parfois rêver tout haut. C'est la paix. Le monde est sage.

Pourtant, la peur est là. C'est une créature de l'ombre, une fille de la noire nuit. Elle a toutes les ruses, toutes les fantaisies, tous les visages, toutes les formes. Parfois, et c'est terrible, elle n'a ni forme, ni visage.

La nuit d'hiver s'éternise. Maintenant, tout le monde est couché, même le père avec ses soupirs, même la maman qui, dirait-on, se dépêche de dormir pour arriver plus vite aux travaux du matin. L'enfant se lève sans bruit. Il va, pieds nus, tendant les mains, il va jusqu'au vestibule et vérifie, à tâtons, que la serrure est bien fermée, qu'on a poussé le verrou. Une seconde, l'enfant hésite. Que vérifier encore? Le robinet du gaz? N'est-ce pas de la cuisine que s'échappe une légère odeur de gaz? L'enfant glisse comme une ombre sur le carrelage frais encore du dernier lavage. Le petit promeneur nocturne touche le robinet du gaz et s'éloigne, et, soudain, revient. Il n'est pas absolument sûr d'avoir bien senti que le robinet du gaz était fermé tout à fait. O doute!

O scrupule! Deux fois, trois fois de suite, les doigts assoupis repassent tout autour du robinet, au risque même de l'ouvrir. Et cette dernière pensée détermine une vérification supplémentaire.

C'est tout? Non. Encore la fenêtre. Elle est fermée. Pour l'atteindre, l'enfant heurte le fauteuil de papa. Presque rien : un bruit imperceptible, comme en doivent faire les revenants quand ils volettent par les chambres. Une voix cependant s'élève, somnolente, enténébrée : « On a bougé? Qui est-ce qui marche, à côté? C'est toi, Joseph? » Silence. L'âme de la mère cède à la torpeur, retombe dans le gouffre. L'enfant cherche, maintenant, la place de son lit. Il a froid. Il claque des dents. Il s'imagine, il se voit errant dans le noir, comme une ombre malade. Il a soudain peur de soi-même.

Le lit! Le refuge! La coquille! Tout est fermé : les ennemis de l'extérieur seront tenus en respect. Restent les autres, les insaisissables, les monstres sans corps, sans forme et sans couleur, les pensées, contre lesquelles on ne peut rien.

Quel est ce personnage couleur de phosphore? Par quel sortilège est-il entré dans la maison? Il s'avance étrangement sans remuer les jambes. Il a pour ombre une lumière morte dont toute la chambre est saisie. Il porte une serviette sous le bras, une redingote, une cravate blanche, un lugubre chapeau haut de forme. Il ricane en silence. Il est affreusement muet. Avec le doigt, il écrit sur le mur, en lettres de feu vert : « Je suis le notaire du Havre. »

Il s'effondre. Il se dissout dans la nuit comme un bout de sucre dans l'eau. Derrière lui, surgissent des dames. Oh! Oh! Les tantes de Lima! Elles ont la peau presque noire, à cause du soleil tropical, des lèvres brûlantes de sang, de grands peignes espagnols.

Pour les recevoir, l'oncle Prosper sort, tout aplati, de l'album où sont collées les photographies de la famille.

Et maintenant, ce bruit terrible! Horreur! c'est un squelette. Il sourit, de toutes ses dents. Il porte un chapeau bicorne et un portefeuille à chaîne de cuivre, comme les messieurs qui viennent présenter les traites. Il sourit encore et tend la main pour demander de l'argent. Tous les fantômes, rassemblés, tendent la main et demandent en chœur de l'argent, de l'argent, de l'argent, de l'argent.

Et puis, les fantômes s'envolent. Le monde réel donne de ses nouvelles : on a marché dans l'appartement voisin, l'appartement vide où ne vivent que les araignées. On a marché. Voilà qu'on tousse, tout bas, mais distinctement. Et le bruit change encore : c'est une voix d'enfant qui pleure. Oh! oh! on gratte à la muraille. Là, tout contre mon lit, tout contre mon cœur. Mes cheveux prennent soudain comme une vie indépendante. Ils grouillent. Je les sens grouiller.

Diversion rude et souveraine. Ce bruit, dans la rue, au loin. C'est l'appel des pompiers. Encore le feu. Le feu! L'hiver passé, tout un magasin a brûlé sous nos fenêtres. L'odeur et le chaud des flammes entraient jusque dans la maison. Que ferions-nous, Seigneur! s'il nous fallait descendre de notre cinquième étage au bout d'une corde, dans le vide, ou même nous précipiter sur des matelas posés par terre, à cet effet? Brrr! Ah! le cri des pompiers s'éloigne. Ce feu-là n'était pas pour nous.

Je fus réveillé, certain soir, non par un fantôme de notaire, mais par une très vive douleur logée dans le fond de l'oreille. Je n'avais pas encore libéré mon premier cri que mère était déjà sur pied. Elle vint au bord de mon lit et me regarda longtemps, d'une façon méditative. Ce regard me soulageait. Pourtant je me repris à pleurer. Maman disait : « Retiens-toi, mon chéri! N'empêche pas ton père de travailler. » Papa me coula dans l'oreille malade une larme d'huile tiède, puis il se remit au travail. Il avait l'air inquiet. Il tenait sa tête à deux mains et faisait un effort visible pour rassembler son attention et pour penser à son ouvrage. Cela n'allait pas sans peine. Alors, maman m'emporta, roulé dans une couverture, jusqu'au bout de l'appartement. Elle me tenait et me berçait comme on berce un nourrisson en chantant tout bas, tout bas, cette complainte effrayante de la femme blessée au front. Comme je pleurais encore, elle me dit avec passion : « Laisse travailler ton père, je t'en supplie, mon chéri. Et je t'achèterai, demain, quelque chose de beau. Que veux-tu que je t'achète? » Je cessai de pleurer pour répondre : « Un poisson rouge. »

Le lendemain, au réveil, l'abcès de mon oreille s'était ouvert tout seul. J'avais encore beaucoup de fièvre. Le café bu, l'époux servi, les enfants à l'essor, maman m'habilla chaudement. Elle avait les lèvres serrées et cet air de résolution presque farouche qu'on lui voyait dès que l'un des siens courait quelque péril. Elle m'enveloppa la tête d'un foulard, se vêtit à la hâte et me prit dans ses bras. J'étais déjà long, j'étais lourd. Elle me porta bien courageusement jusqu'au coin de l'avenue et fit signe à l'omnibus.

Que je ferme les paupières, et je revois l'hôpital. Je retrouve même la salle d'attente, avec son odeur, son poêle de fonte, ses banquettes de bois, ses angoisses. Et puis, la salle d'examen. Elle est longue comme un couloir et presque obscure. Les médecins vêtus de blanc sont rangés côte à côte comme les ouvriers d'une fabrique. Ils ont chacun leur lampe, chacun un miroir sur le front, chacun leurs instruments, leur table, leur malade appuyé contre le mur, tel un condamné. On entend, ici et là, une personne qui se plaint, qui dit : « Doucement, monsieur. Oh! plus doucement, je vous en prie! » Et la voix monte et descend comme pour une chanson. Vraiment, on croirait entendre une chanson, et c'est encore plus horrible.

Mon tour vint de souffrir et de chanter aussi. Ma mère me tenait à plein bras et disait, l'air éperdu : « Je t'achèterai le poisson rouge, mon chéri. Les oreilles, c'est si douloureux. Le poisson rouge et même autre chose encore. Mais ne bouge pas, pour l'amour de Dieu! Que le docteur voie bien! »

Je me retins de pleurer et demandai un oiseau.

Ma guérison ne prit pas moins de deux longues semaines et je dus retourner plusieurs fois à l'hôpital. J'eus mon poisson rouge et mon oiseau. Ils vécurent l'un et l'autre assez longtemps pour mériter une mention dans l'histoire de notre vie. Je pense que, s'ils avaient brusquement reçu le don de la parole, ils auraient eu des opinions personnelles sur le notaire du Havre. Parfois, en rentrant de l'école, je trouvais maman moins triste, l'œil plus vif, les traits détendus. « On pourrait croire, disait-elle, qu'il n'y a rien de commun entre un poisson rouge et nous. Et ce serait une erreur. Pendant les heures où je suis seule, eh bien! cette petite bête me tient société. C'est du mouvement, c'est de la vie, quelque chose qui, quand même, nous ressemble, si peu que ce soit. L'idée ne me viendrait pas de causer avec la machine à coudre, bien sûr; mais je parle au poisson, surtout au poisson, vois-tu? Le serin fait trop de bruit. Il n'a jamais bien l'air d'écouter ce qu'on lui dit. »

Ce que maman pouvait confier au poisson rouge, pendant ses instants d'abandon, je l'imaginais assez bien, si petit que je fusse alors. L'hiver allait s'achever, pour nous, dans une gêne grandissante. Toutes sortes d'objets venus avec notre héritage quittaient le logement pour une destination à vrai dire non mystérieuse, car les mots de mont-de-piété revenaient dans nos entretiens avec une familiarité obsédante. Nous avions vu disparaître les gravures encadrées, les assiettes de faïence, le dessus de cheminée. La pendule, à son tour, partit en excursion. « Ça ne fait rien, disait père avec un grand soupir. On peut voir l'heure, par la fenêtre, aux ateliers du chemin de fer. » Le baromètre, à son tour, faillit entreprendre le voyage. « Oh! disait ma mère, pour ce qu'on nous en donnera! » Mon père haussa les épaules et remit le baromètre au mur. Il avait cet air obstiné que dut montrer à ses proches l'illustre Bernard Palissy. Il disait, pour maman, et nous l'entendions aussi : « J'engagerai jusqu'à mon lit, mais je passerai mes examens. Pour les premiers, Lucie, ce n'est plus qu'une affaire de jours. Je ne veux pas finir ma vie dans de vagues petites besognes. Je veux arriver, arriver! Ça vaut bien quelques sacrifices. Ce qui me désole, c'est d'en infliger aux enfants. » Il ne parlait même pas de maman. Il l'a toujours considérée, traitée comme du petit bien.

Ainsi passaient les jours et papa serrait les dents. Nous fûmes donc assez surpris de le voir arriver, un soir, l'œil radieux, la bouche allègre.

— Nous avons, dit-il gaiement, une chance extraordinaire : nous allons être expropriés.

CHAPITRE XIII

PETIT DUEL DELAHAIE-PASQUIER. MIRACLES ET FAN-
TAISIES DE L'EXPROPRIATION. L'ANIMAL ANTIPOLI-
TIQUE ET LA PHILOSOPHIE INDIVIDUALISTE. ESPÉ-
RANCES DÉLECTABLES. L'AMICALE DES LOCATAIRES.
APOLOGIE DES CHEMINS DE FER. PRÉPARATIFS
D'EXODE. DÉCADENCE ET MORT D'UNE GRANDE
PENSÉE.

Malgré la voix joyeuse et malgré, même, le sourire, cette déclaration tomba dans un silence effaré.
La moitié de l'auditoire ne comprenait pas le mot.
Le reste s'efforçait à digérer la nouvelle, à découvrir
ce qu'elle pouvait comporter de vraiment favorable.

— Quoi! s'écria d'abord Joseph, on va nous chas-
ser d'ici?

Joseph était un enfant; son visage n'en exprimait
déjà pas moins toutes sortes de passions fortes. Par
un mécanisme obscur, ce jeune et frais visage
commença de se contracter, de faire des plis labo-
rieux et ressembla, pendant toute une minute, au
visage vieil et défiant de tante Anna Troussereau.
Le sourire paternel ne rassurait plus Joseph. Expropriés! Il remâchait ce mot et le trouvait brutal, gros

de déconvenues, de menaces, de visites d'huissiers, de papier timbré bleu.

Père haussa les épaules et s'assit à table. **Maman** réfléchissait. Comme toujours, elle demandait, pour prendre son élan, quelque peu de temps et de recul.

— Expropriés! dit-elle. Oui! Je pense que M. Ruaux, le propriétaire, peut y trouver bien de l'avantage et qu'il va toucher gros; mais nous, les locataires? Nous allons être sacrifiés, dans cette histoire. C'est seulement du travail, du tracas en perspective.

Père haussait encore les épaules, mais avec plus d'enjouement.

— On voit bien, Lucie, dit-il, que tu connais mal ces affaires d'expropriation.

— Je te demande pardon, fit maman, méditative. Mes parents Delahaie ont été expropriés, une fois, pour un terrain qu'ils avaient à la Rivière-Saint-Sauveur, quand on y a mis le chemin de fer. Mais ils étaient propriétaires.

Les traits de papa se durcirent.

— Nous ne sommes pas des Delahaie, malheureusement, et nous ne sommes que locataires, nous autres.

— Ram! Ram! Qu'est-ce que tu vas chercher? Delahaie! Mais je finirai par ne même plus me rappeler que je l'ai été, Delahaie, que je l'ai été jadis, tant je suis devenue Pasquier, comme vous autres. Oh! Pasquier à ta façon, pas à celle de ta sœur, ni de l'homme au piston, bien sûr. Ce que je t'en ai dit, Raymond, c'est pour te mettre en garde.

Papa souriait de nouveau, mais avec amertume. Il plia le jarret de manière à montrer la semelle de ses chaussures, qui était mince et ulcérée...

— En garde... murmura-t-il. Tu penses que j'y

suis, en garde. Encore un mois, peut-être moins, et je ne serai plus présentable. Les jours de pluie, je sens l'eau qui me grimpe jusqu'à la cheville.

— Je sais, dit maman. Je les vois bien, quand je les brosse, le matin, ces malheureuses chaussures.

— Dans un mois, reprit papa, mes premiers examens seront passés. C'est un grand pas, bien sûr. Mais c'est loin de représenter une solution. De l'argent à sortir, encore. Pour le moment, pas autre chose. Qu'est-ce que tu veux que je fasse?

Toutes les figures, même les plus fraîches, semblaient soudain voilées de crêpe. La lumière de la lampe était maladive, désolée. Maman, dans ce cas-là, revenait toujours la première à la surface de l'eau.

— Heureusement, dit-elle, heureusement que nous allons être expropriés. C'est bien ce que tu disais?

Papa se reprit à sourire.

— Tu ne m'as même pas laissé vous expliquer la chose. Tu sais, pourtant, Lucie, que je ne m'emballe jamais. Tu le sais.

O puissance de l'amour! Maman secoua la tête avec flamme et même leva les bras à mi-chemin du ciel pour bien montrer qu'elle savait ce qu'on la priait de savoir et que papa était l'homme du monde le moins capable de s'emballer.

— Il est entendu, reprit cet homme calme, il est entendu que le propriétaire du bâtiment, je parle de notre maison, va recevoir le plus gros de l'indemnité. Mais nous autres, simples locataires, nous avons voix au chapitre. L'expropriation nous porte dommage et ce dommage est toujours évalué de la façon la plus large par une assemblée spéciale qu'on appelle jury d'expropriation. Attends, Lucie, que je t'explique tout.

Nous sentions bien que maman commençait d'entrer dans le jeu. Le peuple de Paris vivait encore dans le souvenir enthousiaste des grandes expropriations faites pendant le Second Empire. On racontait, dans les cafés, dans les omnibus, sous les porches, des aventures légendaires, l'histoire d'un savetier, celle d'un marchand de frites qui n'avaient cédé leur échoppe qu'en échange d'une fortune. On commentait les complots et les ruses des politiques pour attirer sur leurs clients et sur eux-mêmes les averses dorées de l'expropriation. Être chassé de chez soi par l'armée des démolisseurs, c'était pour une foule de gens le comble du succès. On propageait, sous le manteau, des renseignements magiciens. Des débrouillards, prévenus à temps, s'allaient loger sur la trajectoire future d'une grande avenue vorace. Certains n'avaient vraiment pas de chance : l'expropriation leur passait à deux mètres du nez, quelquefois moins encore, et les laissait torturés de déception pour le reste de leur vie. On en avait vu plus d'un se suicider de dépit, ou même tomber en démence. Les expropriés, cependant, roulaient carrosse, buvaient le champagne et menaient une existence scandaleuse.

— Oui, fit maman, ravalant un excès de salive, ce qui, chez elle, était grand signe d'émotion, oui, Raymond, explique-moi tout. Par qui d'abord, par qui, devons-nous être expropriés?

— Par le chemin de fer de l'Ouest.

— C'est pourtant vrai, dit maman. Et je n'y aurais pas pensé. Je me demande même comment il se fait que ce ne soit pas arrivé plus tôt.

Elle ne partait pas tout de suite; mais, quand elle était partie, vraiment, elle y mettait du cœur. Rien, à compter de ce moment, ne lui semblait plus impossible. Mon père aurait dit que nous allions être expropriés par la tour Eiffel à qui nous faisions de l'ombre, et ma mère l'aurait cru. Le principal était de l'amener à température convenable.

— Depuis longtemps, reprit père, il est question d'élargir la gare Montparnasse et le pont de l'avenue du Maine. Ça, c'est pour plus tard. Ce qu'on va faire tout de suite, ce sont des voies supplémentaires et peut-être même un pont pour la rue du Château, en place du passage à niveau. La Compagnie de l'Ouest achète un morceau de terrain qui longe toute la rue Vandamme. Nous sommes aux premières loges et ça ne va pas traîner.

— C'est merveilleux! fit maman. Et comment sais-tu tout cela?

Papa se prit à rire.

— Si je te le dis, avoua-t-il, tu vas tout de suite penser que ce n'est pas sérieux. Je le sais par Wasselin.

— Oui, bien sûr, fit maman de la façon la plus vague.

Elle était un peu déçue. Tout ce qui venait du côté Wasselin, notre Désiré mis à part, lui semblait d'odeur suspecte. Et papa pensait de même, tout au moins à l'ordinaire.

— Wasselin, reprit-il avec force, ne m'inspire aucune confiance. Je dis cela devant vous, les enfants, en vous priant de ne pas le répéter. J'ajoute que, si vous le répétez, ça m'est parfaitement égal : je ne cache pas ma façon de voir. Mais il vaut mieux n'en rien dire, tout au moins en ce moment. Car, pour une fois, les renseignements de Wasselin sont exacts. Je te l'ai dit souvent, Lucie, Wasselin a tous les vices, et le bougre a même celui de faire de la politique.

Le visage de ma mère exprima tout aussitôt l'étonnement et l'horreur. Mon père était, par nature, un

« animal antipolitique » et même « apolitique » ainsi que disaient, au siècle dernier, les individualistes, précurseurs de Nietzsche.

Il y a, dans les profondeurs de la mer, des poissons qui vivent en bandes, qui vont, le flanc contre le flanc, l'aileron frôlant l'aileron, et qui, par milliers et millions, remontent les mêmes courants, affrontent les mêmes tourbillons, se livrent aux mêmes ripailles et tombent dans les mêmes filets. Mais, il est, en revanche, de ces nageurs sauvages qui cherchent leur chemin tout seuls, au hasard des sargasses, des basfonds et des récifs. Mon père était semblable à ces enragés solitaires, non par calcul égoïste, mais par logique et raison, parce que tout ce qu'il voulait dépendait d'abord de lui-même et que, s'il fallait s'instruire, s'élever, comme il disait, le mieux était encore de commencer tout de suite et de commencer par soi. J'ajoute qu'il nourrissait un de ces orgueils exigeants qui s'accommodent mal du « nous ».

O père, père, comme la lumière du souvenir te va bien! Comme elle t'éclaire avec indulgence! Je suis parti dans mon récit le cœur torturé de reproches, malgré la mort et les années. J'avais si grand besoin de me purger de ma rancune, d'assouvir mon ressentiment. Et puis, le récit marche, ô père, mon récit, dont je ne suis plus le maître. Le souvenir me verse je ne sais quelle consolation. Je me sens tout prêt ô père, à célébrer ta louange. Vas-tu donc me tromper encore une fois, père insaisissable? Vas-tu donc me faire oublier que je n'ai pas pu te chérir?

De la politique! Vraiment! Misérable M. Wasselin! Il ne manquait plus que ça! Le visage de ma mère exprimait une réprobation tempérée de pitié. Du moment que notre père méprisait la politique, force nous était de croire que la politique était un exercice disgracieux, malpropre et somme toute damnable.

Déjà, père reprenait :

— Je croyais Wasselin bien incapable de rendre à qui que ce soit un service quelconque. Eh bien, on ne sait jamais. Il a rendu des services à Saint-Hilaire, le conseiller municipal du quartier. Ils se rencontrent, ils se parlent. Je les ai vus ensemble. Et c'est par ce Saint-Hilaire que Wasselin a le renseignement. Nous allons être expropriés, voilà! Et dès le mois prochain.

— Mais qu'est-ce que nous pouvons toucher, nous autres, simples locataires?

— Attention! Nous ne sommes pas des locataires comme les autres. Je travaille chez moi. Mon appartement est mon local professionnel, quelque chose comme mon atelier. J'entre, de ce fait, dans une catégorie spéciale.

— Oui, et que touchent, par exemple, les gens de cette catégorie?

— Ça peut faire dix mille francs, peut-être douze mille.

— Attends, murmura maman. Attends que je fasse mes comptes.

Elle fermait l'œil à demi, remuant les lèvres en silence.

— Dix mille, dit-elle enfin. Mais, c'est énorme, Raymond. Pense qu'un déménagement nous reviendrait, tout compris, à quelques centaines de francs. Je calcule sur le dernier.

— Je sais, répliquait papa. Et c'est bien pourquoi je dis que nous avons beaucoup de chance.

— Si, par surcroît, nous recevions la lettre du Havre, ce serait presque la fortune.

— Oh! fit papa, dédaigneux, pour ce monsieur du Havre, nous serions beaucoup moins pressés. Dix mille francs d'avance! Et sans papiers timbrés, sans chicanes, sans procurations, sans aucune de toutes ces singeries notariales. Ça vaudrait même la peine de se soulager un peu et de lui écrire, à ce personnage du Havre. Une lettre... oh! quelque chose de franc et de vigoureux. Toute ma façon de penser.

— Non, Ram! non, je t'en prie. Ne mets pas cet homme contre nous. Si l'argent du Havre nous tombe, eh bien, nous toucherons des deux côtés, et ce ne sera pas de trop.

Bouche bée, nous, les enfants, nous assistions à ces pluies d'or.

Nous eûmes, le lendemain même, la visite de Wasselin. Une véritable visite. Il avait mis des gants. Il avait l'air important, affairé, jovial. Il portait sous le bras un dossier de paperasses, un peu trop gros, sans doute, pour une affaire aussi jeune et que, d'ailleurs, il n'ouvrit pas. Il disait à papa :

— Nous avons somme toute le droit et même le devoir de formuler des vœux ou, comme on dit en bon langage, des desiderata. Vous, Pasquier... Permettez que je vous appelle Pasquier, tout cordialement, c'est plus simple. Vous, mon cher Pasquier, je vous inscris pour quinze mille. Regardez : j'écris quinze mille dans la deuxième colonne. Vous dites que c'est beaucoup? Mon cher, avec les gens de cette espèce, il faut demander un tonneau pour obtenir une bouteille. Le conseiller Saint-Hilaire me le disait hier encore. Moi, je m'inscris pour douze mille, mon loyer est plus faible que le vôtre et je ne travaille pas à la maison. J'ai vu M. Courtois : il est inscrit pour dix mille. Pas d'enfants, vous comprenez? Soyons prêts à nous défendre. C'est que nous allons tomber sur des pirates, sur de véritables requins.

Ce fut, pour M. Wasselin, une période brillante. Il avait de grandes pensées, de grands desseins, de grands mots. Il proposa tout de suite de fonder une « Amicale des locataires ». Il écrivait ce titre sur des feuilles de papier, en ronde, en bâtarde, en gothique. Il imaginait des sous-titres : « Groupement solidaire pour la sauvegarde des citoyens touchés par les expropriations imminentes. » Il vagabondait du haut en bas de la maison, recueillant sur chaque palier des signatures bénévoles. Il disait en présentant ses paperasses : « Notre société de défense mutuelle est placée sous le haut patronage de M. le conseiller Saint-Hilaire, mon ami personnel. » Il persuada tout le groupe de prendre un avocat et proposa maître Mollard, « une des gloires du barreau ». Pour invisible qu'il fût, maître Mollard ne travaillait pas gracieusement et demanda tout de suite une petite provision. Les membres de l'« Amicale » versèrent chacun à Wasselin la modique somme de vingt francs.

A quelques jours de là, pendant l'heure du déjeuner, Wasselin pénétra chez nous. Il tenait à la main cette serviette de table qui lui rendait de si grands services dans les mouvements oratoires.

— Venez, dit-il, et regardez! Je ne dis pas hommes de peu de foi! car ce n'est pas la foi qui vous manque, heureusement. Ça ne fait rien : regardez quand même.

Il ouvrit la fenêtre au vent de mars et nous poussa tous, petits et grands, sur le balcon. Une équipe de terrassiers, portant pioches et pelles, cheminait sur le ballast entre les rails du chemin de fer. Deux ou trois messieurs en chapeau melon, probablement des ingénieurs, prenaient des mesures avec une chaîne de géomètre. Un secrétaire notait des chiffres sur un registre.

— Voilà! s'écria Wasselin. Voilà les travaux qui commencent. Et l'on peut dire que ça n'aura pas traîné.

Un des ingénieurs se prit à regarder notre maison. Il fit un geste comme pour écarter quelque chose et se tourna vers ses collègues en parlant avec beaucoup de vivacité. L'enthousiasme de Wasselin ne connaissait plus de limites.

— Et c'est par notre maison que va commencer le massacre. Mon illustre ami le conseiller Saint-Hilaire le disait encore ce matin. Regardez, mes enfants, regardez ce vieux quartier qui, bientôt, ne sera plus qu'un souvenir historique, un chantier du progrès. La pioche des démolisseurs fraie la route de l'avenir. Démolir, c'est édifier. Rappelez-vous, jeunes gens, que vous aurez, dans votre enfance, assisté, muets d'étonnement, à cette magnifique expansion des chemins de fer. Je regrette de n'avoir pas, en ce moment, quelques flacons de champagne à la maison. Nous aurions bu, solennellement, aux temps nouveaux. Donnez-moi votre main, Pasquier, votre loyale main d'exproprié, membre actif de l'Amicale des locataires. Non, ne parlez pas de présidence ni de président : ce que j'ai fait n'est rien. Au surplus, je n'ai pas d'ambition terrestre. Je ne cherche pas les honneurs. Mon devoir, je n'ai fait que mon devoir, pour le salut de mes semblables et le bonheur de l'humanité.

Papa n'avait pas ouvert la bouche. Il regardait le manège des ingénieurs et des ouvriers, sur les voies. Il y avait, dans tout cela, plus que du vraisemblable et presque de l'évidence. Wasselin parti, pendant que nous achevions le repas, père dit, le regard accommodé sur l'avenir, c'est-à-dire à l'infini :

— Il faudra s'occuper quand même de chercher

un autre appartement. Dans le quartier, autant que possible. Je ne pourrai guère moi-même : je suis, en ce moment, surchargé de besogne.

— Raymond, moi, je chercherai. Chaque jour, entre deux et quatre, pendant que les petits sont en classe, je peux m'absenter quelques minutes.

Mère commença de visiter le quartier. Elle rattrapait le temps perdu en s'infligeant des veillées interminables. Elle disait parfois :

— Boulevard Pasteur, on pourrait avoir cinq pièces en mettant deux cents francs de plus. Avec trois cents francs de plus, on aurait une chambre de bonne. Il ne s'agit pas de bonne, à coup sûr. Pas de folie! J'en suis guérie pour longtemps. Mais ça pourrait être arrangé pour servir de chambre à Joseph qui sera bientôt un homme.

Wasselin pensait sérieusement à réunir en assemblée générale notre Amicale des locataires pour élaborer des statuts. En définitive, il se contenta de nous faire verser à tous un surcroît de provision : dix francs. En sorte que chacun des membres avait déjà versé trente francs.

Papa disait, le soir, à l'instant de se mettre au travail :

— L'expropriation est une chose avantageuse. Et puis, ça ne se discute pas. Ce n'est pas à prendre ou à laisser. On ne nous demande pas notre avis. Eh bien, moi qui, d'ordinaire, déménage si facilement, je dois dire que ça me fait quelque chose de quitter cette maison. Je commençais à m'y attacher. Je n'en aurai que de bons souvenirs.

— Es-tu bien sûr, soufflait maman, que la somme, la fameuse somme, nous allons la toucher tout de suite?

— Voyons, Lucie, sois logique. S'ils nous forcent

à déménager, il est pour le moins naturel qu'ils nous donnent l'argent d'abord. Il y a, dans le lot, des gens très bien qui ne pourraient même pas s'offrir un fiacre pour s'en aller ailleurs.

— Quinze mille francs, disait maman. Franchement j'accepterais la moitié, pourvu qu'on me la donne tout de suite.

— Mais non, Lucie, mais non. Il ne faut pas capituler. Il faut défendre son droit, coûte que coûte, et n'en pas démordre.

— Eh bien, coupons la poire en deux. Je céderais pour dix mille.

Papa haussait les épaules et retombait à son travail.

Un être que toute cette histoire avait fait sortir de son naturel, c'était mon cher Désiré. Il était presque joyeux, son regard brillait d'orgueil. « Papa, disait-il, tu ne le connais pas bien. Il a l'air, comme ça, de plaisanter; mais il est très intelligent. S'il avait rencontré des gens capables de le comprendre, il serait devenu sûrement un personnage très célèbre. Tu ne peux pas savoir, tu ne le vois jamais qu'une minute par-ci, par-là. Mais il parle, quand il veut... Il y a de quoi pleurer tellement c'est beau, tellement ça coule. »

Nous arrivions au printemps. Papa subit avec succès le premier de ses fameux examens. Maman nous offrit un bon déjeuner, bien que notre situation se trouvât des plus difficiles. Nous mangeâmes avec joie à cause de l'examen et parce que c'était bon. Maman disait : « Il y a, dans le lapin, même cuit à la bordelaise, avec une idée d'ail, comme celui-ci, il y a toujours une bouchée fraîche et amère. Que celui qui l'aura le dise. » C'était toujours moi qui tombais sur cette bouchée, par malchance.

Les jours du printemps passèrent. M. Wasselin

parlait encore de l'expropriation, mais avec moins d'ardeur. Il s'arrêtait dans l'escalier quand il rencontrait un locataire et grondait, l'œil révulsé :

— Ces gens-là sont des flibustiers. Mais, ça ne fait rien, ça ne fait rien. Nous tenons le bon bout. Notre avocat travaille. Je le vois presque tous les jours.

Désiré retombait à la mélancolie. Si nous venions à parler de l'expropriation, son visage se contractait avec une expression douloureuse. Les membres de l'Amicale commençaient, jour à jour, d'oublier cette fable dorée. Nous en discutions, nous-mêmes, de plus en plus rarement. Un jour, en poussant des soupirs, papa dit :

— ... C'est comme cette histoire d'expropriation.

— Oui, murmura maman, qu'est-ce que ça devient?

Nous en avions vécu, nous en avions rêvé pendant toute une saison et nous en parlions maintenant comme d'une vieille lune.

Des semaines passèrent encore. Le thème de l'expropriation revenait, de loin en loin, dans les propos de la famille; mais il s'éloignait, il se mourait. On disait : « C'était au moment de cette fameuse expropriation... » Parfois, quelqu'un ajoutait : « Qu'est-ce que peut bien être devenu l'avocat choisi par Wasselin? — Oh! il aura mangé la provision. Avec les gens de loi, l'argent va toujours vite. »

Avant de mourir tout à fait, cette histoire eut encore une convulsion bien étrange. Un jour, vers la fin du printemps, comme nous somnolions, côte à côte, au bout de notre balcon, Désiré Wasselin et moi, je le vis soudain tirer de sa poche quelque chose de très petit qu'il tenait dans son poing fermé. Et soudain, la voix tremblante d'émotion :

— Tiens, Laurent, tiens, dit-il, tu donneras ça, ce soir, à tes parents.

Il ouvrit la main toute grande. C'était une petite pièce d'or, une petite pièce de dix francs. Puis il ajouta plus bas :

— Il reste encore vingt francs. Je tâcherai de les avoir. Mais, surtout, surtout, qu'on n'en dise rien à papa, et même rien à maman. Je m'arrangerai tout seul. Rappelle-toi qu'il ne reste plus que vingt francs.

CHAPITRE XIV

NOUVELLES CONSIDÉRATIONS SUR LES LENTILLES.
CORRESPONDANCE AVEC LA CHAMBRE DES NOTAIRES.
PROJET DE VOYAGE EN AMÉRIQUE. PAUL GLASER-
MANN OU LA TENTATION. CALCUL ÉLÉMENTAIRE.
M. LAVERSIN, M. BOTTONE ET Mlle VERMENOUX
OU VERMENOUZE. DÉCLARATIONS D'INDÉPENDANCE.

La période qui vient maintenant est triste, confuse, mal éclairée. Je voudrais la laisser sombrer corps et biens dans les ténèbres. Si j'en dis quelque chose ici, c'est peut-être parce que les mots ont le terrible pouvoir d'empoisonner les souvenirs et de les tuer à la longue.

Pendant plus de trois mois, le notaire du Havre avait cessé d'occuper le premier plan dans les rêveries familiales. Quand l'expropriation ne fut plus qu'une fumée, le notaire du Havre reparut en scène. C'était vraiment le plus silencieux des notaires. Je ne l'ai jamais vu, je ne sais même plus son nom, mais s'il m'arrive d'y penser, je l'imagine comme un monstre sans bouche et sans oreilles. La propre statue de l'indifférence effrontée.

Maman recommença d'écrire, et plusieurs fois par semaine, des lettres tantôt suppliantes, quand elle les rédigeait seule, et tantôt débordantes de rage quand mon père les avait dictées. Toutes ces lettres tombaient dans un puits sans fond et sans échos. Parfois, si mon père jugeait une épître particulièrement convaincante et de bonne dialectique, il l'envoyait recommandée. Je pense encore qu'avec l'argent des timbres que nous avons achetés pour cette malheureuse affaire, nous aurions pu vivre aisément deux mois en mangeant de la viande chaque jour. Cette remarque dernière pourrait en entraîner d'autres. Je fus, dès ce temps, bien sûr que le régime végétarien, même s'il n'est pas réjouissant, même s'il fait perdre à l'homme son fier coup de mâchoire carnassier, n'est quand même pas incompatible avec une existence laborieuse. Et, franchissant, du coup, l'abîme qui sépare, au regard du philosophe, le physiologique du psychologique, je dirai que l'excès, s'il conduit parfois à l'écœurement, mène aussi souvent à l'amour. J'aurais quelque raison d'être dégoûté des lentilles. Et pourtant non! Je souhaite souvent d'en manger. Qu'on oublie de m'en servir et j'en demande, j'en réclame. Je répète, après mon père : « C'est du phosphore en pastilles. » Elles restent, pour moi, la nourriture par excellence. Je les savoure avec recueillement, avec piété, avec aussi je ne sais quelle salubre mélancolie.

Laissons là ces méditations gastronomiques. Un jour, dans le courrier... Non! Que j'abandonne à mon frère Joseph ces expressions pompeuses : nous ne recevions, comme les pauvres gens, qu'une lettre par-ci, par-là, pourquoi donc parler de « courrier »? La moindre lettre était tout de suite bien visible, bien évidente. Un jour, nous reçûmes une lettre portant la mention imprimée : *Chambre des notaires.* Elle était adressée à ma mère qui la saisit d'une main tremblante. « Mon Dieu! Qu'allons-nous apprendre? Quelle chose épouvantable? Vous allez voir que cet homme du Havre a pris la fuite, emportant tout, notre argent, nos titres et quoi donc encore, mon Dieu! »

Ma mère ouvrit la lettre et la lut elle-même dix fois, car papa n'était pas là. Nous l'entourions, nous, les enfants, déchiffrant aussi le grimoire. Maman finit par comprendre que papa, sans lui rien dire, avait écrit, sous la signature de Lucie Delahaie-Pasquier, à la Chambre des notaires, pour se plaindre du Havrais, pour dénoncer ses lenteurs, sa mauvaise volonté, son inexplicable silence. Et cet exploit paternel datait au moins d'un mois, si l'on interprétait bien les textes : « *En réponse à votre honorée du...* » La Chambre des notaires, en tout cas, répondait. Une réponse vague, dilatoire, à peine polie, justifiant d'un mot tous les officiers ministériels présents et futurs, recommandant, pour finir, le calme et la patience.

Maman redoublait d'inquiétude : elle était fort prudente et même circonspecte quand il ne s'agissait pas directement de sa nichée, car, alors, le mot de lionne serait faible. Maman, donc, réfléchissait et nous livrait, à demi-mot, une part de ses angoisses. « Si l'homme du Havre apprend ça, c'est fini. Nous sommes perdus. Nous en avons pour dix ans. »

Le soir, quand papa revint, maman lui présenta la lettre.

— Eh bien? fit papa, la moustache en mouvement.

— Raymond, n'avons-nous pas eu tort?

Puisqu'il s'agissait d'avoir tort, maman, qui n'était

pour rien dans cette démarche extravagante, y prenait tout de suite une part.

Notre père manifesta les signes prémonitoires d'une
belle colère-solo.

— Je fais ce que je crois devoir faire pour en finir
une bonne fois. L'argent du Havre, je m'en moque.
Ce que je ne peux supporter, c'est l'apathie de cet
imbécile. Je parle du notaire. Puisque la Chambre
des notaires, elle-même, prend fait et cause pour
cette canaille, je sais ce qu'il me reste à faire. Je
finirai par y aller.

— Où donc? Au Havre?

— Non, dit mon père, olympien. Pas au Havre.
En Amérique. Quand je serai là-bas, je me rensei-
gnerai moi-même.

Minute d'effroi. Je crus que ma mère allait se
jeter à genoux pour détourner papa d'un projet en
même temps si fol et si grandiose. Elle commença
de pleurer. Pendant qu'elle pleurait, papa se
reprenait à sourire. Quelques minutes après, il
avait oublié l'Amérique et même retrouvé ce calme
recommandé si vivement par la Chambre des
notaires.

Nous fûmes, cet été-là, soumis à la plus dange-
reuse des tentations. Je dis nous... oh! je n'étais
alors qu'un frêle petit garçon; mais je ressentais
nos épreuves avec une passion toute fraîche et les
misères de mon clan me labouraient jusqu'au fond
de l'âme.

Maman reçut un jour une lettre que j'ai retrouvée
dans les papiers de la famille. C'est miracle que cette
lettre ait résisté pendant plus de quarante ans aux
caprices de notre vie aventureuse. Puisqu'elle est
là, sous mes yeux, j'irai donc au plus simple et me
contenterai de la recopier.

159

PAUL GLASERMANN
Agent d'affaires.
Avances de fonds. Prêts sur gages.
Enquêtes particulières. Transactions.
Démarches secrètes. Argent de suite.

Madame,
Nous avons appris, par notre service de renseigne-ments, qu'un héritage dont vous êtes bénéficiaire est actuellement l'objet, en France et en Amérique, de recherches litigieuses, recherches qui ne semblent malheu-reusement pas sur le point d'aboutir et qui peuvent demander encore de longues années avant que vous soit donnée satisfaction. Après examen des dossiers remis à notre cabinet par notre service spécial, nous sommes en mesure de vous présenter la proposition suivante, proposition que vous ne manquerez pas de juger très avantageuse. Nous pouvons nous charger d'accomplir en votre nom et place toutes les démarches nécessaires à la solution prompte et si possible définitive de cette affaire. Ces démarches comportant de grands frais et de grands risques, vous vous engageriez, par écrit, selon toutes les formes légales, à nous abandonner soixante pour cent des sommes à recevoir. Le quart du reste vous serait versé à la signature de notre accord, signature qui pourrait avoir lieu sous dix jours, à compter de votre acceptation verbale.
Nous espérons, madame, que vous apprécierez comme il convient notre proposition et que vous voudrez bien prendre en considération les risques auxquels notre cabinet s'expose dans votre intérêt.
Veuillez agréer, madame...

Papa relut deux fois la lettre, mot à mot. Il disait, avec un sourire vert : « Les fripouilles, les fripouilles!

Nous vivons environnés de fripouilles. C'est extraordinaire! »

Ce mouvement d'humeur passé, papa leva les sourcils. Son visage s'éclairait.

— En somme, fit-il, ce serait dix mille francs tout de suite. Il ne faut pas se dépêcher de dire non. Cette affaire du Havre, je commence à n'y plus croire. Dix mille francs que l'on tiendrait, ça vaudrait mieux, Lucie, que ces quarante mille francs dont nous ne toucherons peut-être jamais le premier liard.

— Attends, Ram, dit maman, le visage sérieux. Il me semble que tu te trompes. Ils disent le quart...

— Oui. Le quart de quarante mille francs, ça fait dix mille. Je sais encore compter.

— Non, Ram, tu dois te tromper. Ils disent « le quart du reste ». Soixante pour cent de quarante mille, ça fait... Laisse-moi réfléchir. Ça fait vingt-quatre mille. Il reste donc seize mille. Et le quart de seize mille, ça ne fait que quatre mille. Voilà, Raymond. Voilà tout. Quatre mille tout de suite et douze mille plus tard. C'est une escroquerie, tu vois bien.

Papa calculait très mal et très lentement. Il se fit répéter dix fois ce compte pourtant si simple. Il finit même par le noter sur les marges de la lettre, comme je peux le voir encore. Et, chose poignante à dire, il eut encore une minute d'hésitation. Oh! il n'était pas avide, mais seulement fatigué, bien qu'il ne l'avouât jamais, oui, ce jour-là, fatigué. Quatre mille francs tout de suite... Et puis il se ressaisit, et ce fut pour éclater.

— Des voleurs de grand chemin! Des détrousseurs! Des bandits! Et je vais le leur écrire. Tout de suite, Lucie, tout de suite!

— A quoi bon leur écrire? Il suffit de ne pas répondre.

— Si, dit papa, je vais écrire. — Et il ajouta, plus bas : — Comme ça, je ne serai pas tenté d'y aller voir, quoi qu'il arrive. Mieux vaut couper les ponts.

Il écrivit. Il renonçait mal à ce genre d'allégement. Je dois dire que, dans l'année qui suivit, nous reçûmes trois ou quatre propositions de même espèce. Maman disait :

— Tu vois bien, Raymond, tu vois bien : du moment qu'ils veulent tous s'occuper de notre affaire, c'est au fond qu'elle est très bonne. Patientons! Patientons!

Nous patientions, forcément. Et les jours passaient. Car quoi qu'il arrive, et même quoi qu'il n'arrive pas, les jours passent, et les semaines et les mois. Et chaque soir, on se demande comment on pourra résoudre le problème effrayant qu'est la journée du lendemain. Et la journée du lendemain finit par être vécue.

Maman dit, un matin, en servant le café :

— Raymond, j'ai une idée.

Papa secouait la tête.

— Une excellente idée, Raymond. Nous allons prendre un pensionnaire.

Papa fronçait le sourcil.

— Où veux-tu le mettre?

— Pardonne-moi, dit maman. Nous n'avons qu'une pièce possible : c'est le cabinet de travail. Tu t'installeras dans la chambre. Je sais que tu n'y seras pas à l'aise, mon pauvre Raymond. Mais tu travailles bien partout, quand l'envie t'en tient. Et tu n'imagines pas comme ça m'arrangerait, Raymond. J'ai fait mes comptes, tu peux me croire.

— Un pensionnaire! Quel pensionnaire?

Et papa frappait du pied.

— S'il faut tout te dire, Raymond, je l'ai, mon

pensionnaire. C'est un M. Laversin, que connaît Mᵐᵉ Tesson.

— Fais pour le mieux, Lucie.

Maman fit pour le mieux. Elle poussa le piano jusque dans la salle à manger, casa la table et les livres de papa dans la chambre qu'on appelait orgueilleusement la grande chambre, qui logeait déjà deux lits et qui n'était, faut-il le dire, qu'une très modeste petite chambre. Elle commanda, chez le serrurier, une clef supplémentaire pour la porte du palier. Ce n'étaient pas de grands frais; c'étaient quand même des frais. « On n'obtient rien, disait maman, sans une petite mise de fonds. N'importe! ça marchera très bien. Ce M. Laversin est le pensionnaire modèle : il travaille toute la nuit, dans l'imprimerie d'un journal. Et c'est, dit Mᵐᵉ Tesson, un homme si bien élevé! »

M. Laversin vint, un jour, avec une petite valise. L'accueil de papa fut correct et glacé. M. Laversin portait les cheveux ras et une barbiche grisonnante. Il avait le teint blême des gens qui dorment le jour. Il était un peu bedonnant, triste d'allure, mais « convenable » ainsi que l'avait annoncé Mᵐᵉ Tesson. Il ne prenait avec nous que le repas du soir, avant de partir au travail. Il dormait le reste du temps et déjeunait entre deux sommes, en sorte que maman n'eut plus un instant de repos. M. Laversin n'était pas d'une exigence excessive. Quand il avait besoin de quelque chose, il frappait du poing la cloison. Maman se levait tout de suite, l'air soumis et l'air inquiet. Elle disait : « Je ne veux pas le faire attendre. Il mène une vie très fatigante; il a bien besoin de soins. Un vieux garçon, c'est tout de suite pitoyable. »

Nous avions gardé l'habitude, comme avant, comme toujours, de jouer dans la salle à manger. M. Laversin, un jour, donna du poing dans la muraille. « Calmez donc les enfants, madame. Vous comprenez que je ne peux pas dormir. » Nous fîmes de grands efforts pour parler bas, pour ne plus rire. Quand nous déplacions une chaise, nous nous regardions les uns les autres, effrayés, en nous querellant à voix sourde.

Un jour par semaine, M. Laversin était de repos. Il restait alors dans sa chambre et fumait la pipe. L'odeur du tabac se répandait dans tout l'appartement et nous étions, sans le dire, tristes comme les habitants d'une ville occupée par l'ennemi.

En temps ordinaire, M. Laversin rentrait vers cinq heures du matin. En l'entendant tourner la clef dans la serrure, maman se réveillait parfois et s'agitait dans son lit, ce que je sentais confusément quand je couchais auprès d'elle. Un matin, je l'entendis qui disait, à voix basse mais insistante :

— Raymond! Tu m'écoutes, Raymond?

— Oui, oui. Qu'est-ce que tu veux?

— M. Laversin vient de rentrer.

— Oui. Qu'est-ce que ça peut faire?

— Raymond, M. Laversin n'est pas seul. Écoute, on entend deux voix. Raymond, je crois bien que M. Laversin est rentré avec une femme, une dame, enfin, je ne sais pas. Mon Dieu, mon Dieu!

Papa venait de s'éveiller tout à fait. Il se dressait sur son coude et prêtait l'oreille.

— C'est ma foi vrai, Lucie. On entend une voix de femme.

— Raymond! Mais c'est impossible!

Papa fit, à plusieurs reprises, claquer sa langue contre ses dents.

— Enfin, Lucie, c'est un fait. Puisque cet homme loue une chambre, il est chez lui, dans cette chambre. Il a bien le droit, somme toute, de recevoir quelqu'un et même de recevoir une femme sans nous demander l'autorisation.

— Raymond, je te dis que c'est impossible.

— Quand on prend un pensionnaire, on sait à quoi l'on s'expose.

— Sa sœur, oui, je comprendrais. Mais, à cinq heures du matin, ce n'est sûrement pas sa sœur. Et si c'était une créature.

— Oh! dit papa, tais-toi, Lucie. Tu l'as voulu, tu dois le supporter.

— Il y a des choses, dit maman, que je ne supporterai jamais. Ma maison! Mon foyer! Que penseraient les enfants?

— Laisse-moi dormir, Lucie.

Je me rendormis aussi. Maman s'agitait beaucoup et même parlait tout bas. Je ne sais ce qui se passa le lendemain matin, car je dus aller à l'école. Quand je revins, vers midi, j'appris que M. Laversin avait bouclé sa petite valise et nous avait quittés. Je surpris des bouts d'entretien entre mon père et ma mère. « Je ne peux pas dire, avouait maman, qu'il n'a pas été convenable. Il m'a fait observer que sur ce sujet-là, nous n'avions rien prévu. On ne peut pas penser à tout. Imagine, Raymond, qu'il m'a parlé d'hygiène et que c'était son habitude à peu près toutes les trois semaines. Quant à la femme, je l'ai vue. Ce n'était pas absolument ce que l'on peut appeler une créature. Non. C'est égal, je suis bouleversée. Mais il est parti, et même il m'a payé ce qu'il devait. Je l'aurais laissé partir sans réclamer, pourvu qu'il s'en aille. »

Papa haussa les épaules et ce fut tout pour M. Laversin, Mme Tesson ne tarda pas à lui trouver un successeur. C'était un Italien nommé M. Bottone. « Je me défie toujours des étrangers, expliquait Mme Tesson; mais, celui-là, je le garantis. Et puis, je l'ai prévenu, vous savez, madame Pasquier. Tout ce qu'il voudra, mais pas de femmes. »

M. Bottone a laissé peu de traces dans notre mémorial. Il n'amenait en effet pas de dames et se conduisait en tout avec beaucoup de politesse. Nous n'aurions pas su dire quelle était sa profession. Il recevait, chaque soir, la visite de plusieurs de ses compatriotes et ils s'entretenaient dans leur langue, sachant que nous ne l'entendions point, avec beaucoup de vivacité. Il ne nous resta que trois semaines et partit, fort civilement. Le lendemain même de son départ, nous entendîmes, vers midi, heurter vigoureusement à la porte. C'était un monsieur bien vêtu, escorté de deux sergents de ville. Il apprit avec une contrariété visible que M. Bottone n'habitait plus sous notre toit. « Vous devriez, dit-il, y regarder à deux fois, avant de louer votre chambre à des anarchistes. Nous allons quand même visiter la chambre. »

Nous étions terrorisés et maman tremblait du menton comme son grand-père Guillaume, le jour du maréchal Ney. Au moment de se retirer, le visiteur dit encore : « Vous prenez des pensionnaires? Avez-vous fait seulement une déclaration en règle? Vous aurez de mes nouvelles. »

— Tu vois, dit maman le soir, tout se dresse contre nous. Voilà qu'on veut nous empêcher de prendre des pensionnaires.

Papa fermait un œil, à moitié.

— Je n'ai jamais été, Lucie, très partisan du système des pensionnaires; mais, puisqu'on prétend nous empêcher d'en avoir, alors, je change d'avis. Je veux des pensionnaires. Tu m'entends bien, Lucie, j'en veux!

— Ne t'emporte pas, Raymond. Je vais en chercher un autre.

Les gens de la police nous oublièrent, par bonheur, et maman put dire, un soir :

— Raymond, cette fois, j'ai trouvé. Oh! l'occasion unique. Une vieille dame ou, plutôt, une vieille demoiselle, une ancienne directrice d'école. Une personne tout à fait bien. Avec une personne âgée, nous n'aurons pas de surprise.

Je crois bien me rappeler que cette perle des pensionnaires s'appelait Mlle Vermenoux ou Vermenouze et qu'elle était auvergnate. Elle passa chez nous plus d'un mois et montra, dès le début, de surprenantes exigences alimentaires. Elle divisait les nourritures en deux catégories : celle des échauffantes et celle des rafraîchissantes. Elle combinait les unes et les autres selon des proportions rigoureusement établies. Elle reprenait ma mère sur un grain de sel, une goutte de vinaigre, un atome de saindoux, un soupçon de farine. Ma mère souffrait en silence et supportait avec résignation les conférences diététiques de cette personne impossible. Mlle Vermenouze avait en outre la passion du beau parler, ce qui la conduisit, un jour, à corriger mon père en notre présence à tous : « Mais non, monsieur, mais non! Le verbe aimer, suivi d'un infinitif, demande la préposition. » Mon père se mit à sourire, de ce sourire féroce qui nous jetait dans l'épouvante. « Avec ou sans préposition, c'est un verbe, mademoiselle, que vous n'auriez pas été fâchée de conjuguer au moins une fois, si l'on vous y avait aidée. » O terrible papa! Comme il tapait cruellement quand il était agacé!

Mlle Vermenouze se redressa de toute sa taille en glapissant des injures. Elle nous quitta dès le lendemain.

— C'est fini, gémissait maman. Je n'en veux plus,

je n'en peux plus. Pardonnez-moi, mes enfants. Je le faisais pour votre bien. Mais c'est au-dessus de mes forces. Nous ne sommes pas des gens à nous mêler avec les autres.

Nous avions tous le sentiment que ces étrangers violaient, par leur présence, notre asile, notre lieu sacré, le sanctuaire secret de notre vie, de nos joies et de notre misère. Tant pis! Tant pis! Nous acceptions tous de manger moins bien, de marcher avec des chaussures percées, d'avoir moins chaud, de voir moins clair, d'user jusqu'à la corde nos vêtements cent fois reprisés, à la condition d'être seuls, entre nous, du même clan, malheureux, dépourvus, mais purs, mais francs de toute alliance avec des gens d'une autre race.

CHAPITRE XV

Trente-six mille jours! Voilà donc le fardeau, le
trésor d'un homme qui vivrait cent ans. Les jours!
Qu'ils sont peu, les jours! Et pourtant, quelle infi-
nité fourmillante! Quel désert! Quelle solitude!

J'erre, navigateur perdu, sur les lieux d'un ancien
naufrage. Des événements infimes flottent, comme
des épaves, flottent de loin en loin.

Ferdinand et Désiré ont fait leur première communion. On a, pour cette solennité, trouvé l'argent
nécessaire : père a vu M. Cleiss et demandé, non
sans répugnance, un acompte. On a dressé le couvert
dans l'appartement vide, avec la complicité de
Mme Tesson. On a vu la vilaine tête de Mme Troussereau et quelques autres personnages extraits du
monde Pasquier. Il paraît que, pour ces fastes,
l'usage est d'inviter, même quand on est très pauvre,
toutes sortes de gens que l'on n'aime pas ou que
l'on connaît à peine. Ferdinand a reçu, en présents,
de tel ou telle, cinq pièces de cent sous qu'il a données

à maman, le soir, les dîneurs partis. Maman a pleuré, une seconde, et a dit : « Je te remercie. Je te les rendrai plus tard... » Elle n'a pas ajouté : « ...quand le notaire du Havre... ». Oh! nous y pensons toujours, mais nous en parlons beaucoup moins. Nous y mettons de la pudeur.

Mon cher Désiré Wasselin a fait une communion exemplaire. Tout le monde, à commencer par son papa, l'a trouvé laid, mal habillé, ridicule. On admet qu'il soit pieux, mais quand même pas à ce point-là. Il m'a paru très beau, très noble. Je lui ai dit, le soir, après la confirmation : « Alors, c'est décidé, tu seras prêtre? » Il m'a répondu, l'œil noir : « Non, ce n'est pas décidé. Je ne peux rien dire encore. »

Un autre événement surnage, presque de la même saison. Ferdinand a manqué le certificat d'études. Je le revois : il est assis sur une chaise. Il a l'air d'un animal qui a reçu le coup de maillet. Il avait si bien travaillé! Il n'a pas manqué de courage, mais plutôt de chance et de facilité. Papa le regarde avec un sourire terrible. Ferdinand soupire : « Je recommencerai. » Et c'est vrai qu'il ne craint pas de recommencer. Papa hausse les épaules. Vraiment, quelle dérision! Vraiment, ça s'annonce très mal : Joseph est « dans le commerce » et Ferdinand est un fruit sec. Les autres sont encore trop petits. C'est lui donc, lui seul, lui, l'homme déjà mûr — il ne dit plus jamais son âge —, qui va tenter, contre tout bon sens, la douloureuse, la déconcertante fortune des études. Il faut vraiment qu'on ne sait quel démon vous pique un homme dans le dos! Tant pis, papa sera seul.

Ferdinand ne peut plus se retenir de pleurer. Nous sommes tous abattus. Quelle humiliation! Quelle amertume! Eh bien, non! maman n'est pas humiliée, et non plus amère. Elle a tout à coup pris dans ses bras le triste enfant vaincu qui pleurait seul sur sa chaise, qui pleurait de ses gros yeux myopes. Elle l'a saisi dans ses bras comme s'il était encore un très petit bébé. Elle le berce et le console. Elle énumère et célèbre les très réelles vertus de l'enfant malheureux.

La voici déchaînée pour jusqu'à la fin des jours, cette passion maternelle, cette passion de justice injuste. Il ne sera pas dit, ô mère, qu'un des enfants de ta chair sera plus malheureux que les autres. On prétend qu'il est mal doué? Raison de plus, alors, pour le chérir, pour le choyer, pour chanter sa louange, pour le défendre contre tout et contre tous. D'ailleurs il n'est pas mal doué, pas moins intelligent que les autres : il est seulement moins heureux dans ses entreprises, moins favorisé du hasard. Il faut bien qu'il ait, quelque part, ne serait-ce que dans un cœur, la place la plus chaude, la plus douillette, la plus haute.

Les années peuvent venir, et même le siècle nouveau tout chargé de destinées. On dit que Joseph est riche, que la petite Cécile est devenue une artiste incomparable, que la nouvelle, la Suzanne, est d'une beauté radieuse, que Laurent connaît la gloire. Tout cela, c'est très beau, et c'est peut-être même vrai; mais le cœur maternel, jusqu'à la dernière minute, ne battra que pour la justice, que pour l'équilibre vengeur. Il y aura du moins quelqu'un pour exalter les mérites de Ferdinand, pour citer ses mots, publier son goût, louer ses ouvrages.

C'est ainsi. C'est bien ainsi. Qui donc oserait s'en plaindre? L'homme juste doit reconnaître qu'on ne peut tout avoir. Et pourtant, à certaines heures, il comprend que l'on peut être jaloux de tout, même de certaine pitié.

Je rêve et je m'égare au milieu des saisons. Vint un nouvel hiver. Il y eut des mois d'allégresse inexplicable, pendant lesquels, sans même savoir pourquoi, nous étions sûrs que les choses allaient miraculeusement se délier. Il y eut des mois maudits pendant lesquels, comble de disgrâce et de fatigue, nous finissions par ne même plus penser au notaire du Havre. Nous vivions comme les bêtes qui marchent en regardant leurs pattes dans la poussière. Un soir, j'entendis papa dire, pour la première fois, cette petite phrase terrible :

— Lucie, je peux renoncer.

Il avait posé non les coudes, mais les deux bras à plat, sur la table. Lui, si fier, si vaillant, si bien mordu d'orgueil, il courbait le dos, il laissait aller sa tête en avant. Il avait veillé trop de nuits. La confiance, tout à coup, s'en allait, comme le sang par une blessure intérieure. Il reprit, la voix plus sourde :

— Je peux abandonner... C'est même le moment, Cleiss m'a parlé d'un travail... Une compilation énorme. Il y en aurait pour quatre ans. Si j'abandonne mes examens, c'est tout de suite l'aisance. Oh! je sais, ce ne serait pas déshonorant, ce serait seulement... inconcevable, après tout ce que j'ai fait.

Maman étendit les bras et saisit, au ras de la table, les mains de son mari. Elle les secouait, en riant :

— Abandonner! Mais, Raymond, c'est une idée du soir. Comme il faut que tu sois fatigué! Demain, tu n'y penseras plus.

Père se redressait déjà.

— Fatigué? Non, non, je ne suis jamais fatigué. Si j'ai pu envisager la chose, c'est pour te soulager, Lucie.

Maman se reprit à rire.

— Raymond, comme tu es bon! Mais, moi, je ne compte pas. Ne t'inquiète pas de moi. Je suis, par bonheur, bien portante.

A quelques jours de là, maman revint d'une course en ville avec un énorme ballot qu'elle ouvrit, le soir, sur la table. C'étaient des pantalons d'homme, tout coupés; il ne restait qu'à les coudre. Maman se mit au travail et veilla, par la suite, une grande partie des nuits. Elle avait trouvé cet ouvrage dans une maison de confection qui tirait bon profit des ouvrières à domicile. Maman disait : « Ce n'est pas très bien payé; mais ça nous aidera beaucoup. Nous pourrons joindre les deux bouts. Tu comprends, Raymond, toi dans ton cabinet, moi dans la salle à manger. Comme ça, la nuit est moins longue. »

Je lui disais parfois :

— Comme tu couds, maman! Comme tu couds bien!

Elle répondait :

— C'est ma vie.

Elle aspirait un peu de salive entre ses dents et trouvait le temps de sourire. Il arrivait qu'elle ajoutât :

— Si seulement j'avais une fille en âge de m'aider. On travaillerait ensemble et ce serait quand même plus gai. Mais rien que la petite Cécile et, tout le reste, des hommes.

Les choses allaient leur train. Certains voisins se plaignaient à cause de la machine à coudre qui les empêchait de dormir. Ils finirent par s'y habituer.

Une nuit, je fus réveillé par je ne sais quel cauchemar. Je ne pouvais plus me rendormir. Papa, couché déjà, somnolait à mon côté. Je voyais, de loin, sur le parquet, un filet de lumière venu de la salle à manger; mais je n'entendais aucun bruit. Ce silence mortel finit par m'effrayer si bien que je me levai sur la pointe de mes pieds nus et marchai vers la clarté.

Maman dormait, assise devant la table, la tête dans son bras reployé. Elle devait être enrhumée, car un fil brillant et limpide descendait de son nez jusque sur son ouvrage. Elle était pâle et respirait mal par sa bouche entrouverte. Comme je lui touchais le bras, elle s'éveilla, m'aperçut et se mit à pleurer. Elle m'avait pris sur ses genoux et me serrait contre elle pour que je n'eusse pas froid, en chemise ainsi, pieds nus. Elle pleurait tout bas, tout bas, et disait des choses sans suite : « Dieu sait que je n'ai pas souhaité la mort de mes pauvres sœurs. Si je l'avais souhaitée, je comprendrais que le ciel me punisse. Mais, puisqu'elles sont mortes, hélas! qu'on me donne mon dû, Seigneur! et que ce soit fini. Va te coucher, Laurent. Tu seras fatigué, demain, pour aller à ton école. L'instruction, c'est beau, Laurent, surtout quand on la prend jeune. Mais, comme nous, comme nous, je veux dire comme ton père, c'est vraiment trop cher payer. Tes pieds sont froids, Laurent. Laisse-les encore une minute dans le creux de ma main. »

CHAPITRE XVI

MALADIE DE MAMAN. MYSTÉRIEUSE APPARITION DU VIEILLARD. WASSELIN-LE-MAUVAIS-ANGE. LE HASARD ET LA CHANCE. DU CHOIX D'UN PRÊTEUR. LE VOYAGE DU HAVRE. INTERVENTION DES COURTOIS. SIGNATURE D'UN TRAITÉ.

Vers la fin de cet hiver-là, maman tomba malade. Ce fut dramatique et bref. Cela commença de nuit. Papa disait à mon oreille : « Réveille-toi, tout de suite, mon garçon, et va te coucher dans le lit de tes grands frères. » J'ouvris péniblement les yeux. Papa tenait à deux mains une cuvette pleine de sang. Maman s'efforçait de sourire : « N'aie pas peur, Laurent. Je ne suis pas à mon aise et c'est tout. » Réfugié dans la chambre de mes frères, j'entendis, jusqu'au matin, papa qui remuait des brocs, cherchait du linge dans l'armoire et faisait chauffer de l'eau, sur le gaz, dans la cuisine.

Quand vint le jour, la misérable lumière de février, maman s'habilla non sans effort. Elle murmurait :

— Ce n'est pas ma faute, Raymond; mais la tête me tourne.

Elle descendit l'escalier au bras de notre père et

partit dans un fiacre. Elle resta huit jours à l'hôpital, huit jours pendant lesquels Mlle Bailleul vint nous faire la cuisine et même laver le petit linge. Nous avons, par la suite des temps, perdu Mlle Bailleul dans la brousse parisienne. Elle doit être bien vieille, si tant est qu'elle vive encore. Elle ne doit plus songer à nous. Je la salue, elle ou son ombre. C'était vraiment une bonne et sainte fille. Elle savait relever ses manches, manier un balai, retrousser les longues robes que l'on portait en ce temps-là. Elle avait, de la charité, un sentiment rustique et populaire que je trouve bien respectable.

Papa, pendant huit jours, prit tous les repas avec nous. Il avait l'air soucieux, mais s'efforçait de faire bonne contenance et même de sourire encore. Un jour, il se leva de table soudainement, et pendant quelques minutes, alla s'enfermer dans sa chambre. Quand il revint, il me parut changé : le menton plus court, la bouche plus creuse. Il s'efforçait de manger encore, mais il ne répondait pas à nos questions. Quand il dit enfin quelques mots, je fus frappé d'horreur. Ce n'était plus sa voix, c'était une voix de vieillard, zézayante et presque infirme. Il me parut soudain que le monde allait s'écrouler. J'attendais une catastrophe. Je me sentis incapable d'avaler une bouchée de plus.

Le repas fini, Joseph nous prit à part :

— Ça vous fait de l'effet, dit-il, de l'entendre parler comme ça. Moi, je sais très bien ce que c'est : il a cassé son râtelier, vous comprenez? ses fausses dents.

— Mais, fis-je, les larmes aux yeux, c'est impossible, impossible! Papa n'a pas de fausses dents.

Joseph haussa les épaules.

— Si tu regardais seulement, au lieu de rêvasser,

tu verrais papa, tous les soirs, laver son râtelier, dans la cuvette, avec une petite brosse qu'il y a toujours, dans un verre.

Je ne répondis rien. J'étais désespéré. J'avais toujours trouvé mon père si beau, si jeune! Je venais d'entrevoir le vieillard qu'il serait un jour et qu'il tâchait de nous cacher.

Deux jours durant, père fut ce triste vieillard. Le troisième jour, il revint et parla comme d'habitude, en souriant sous ses longues moustaches. Mais j'avais perdu confiance.

Le lendemain, maman revint aussi, toute seule, un paquet de linge sous le bras. Elle avait dû subir une petite opération dont on ne nous dit presque rien. Elle était extrêmement pâle et faillit s'évanouir en arrivant à la maison.

— Lucie, dit papa, tu vas me faire le plaisir de travailler le moins possible. Nous t'aiderons tous un peu. Quant à la couture du soir, c'est fini. N'en parlons plus.

Maman lançait autour d'elle un regard de détresse.

— Tu imagines, reprit papa, que j'ai cherché, tous ces jours-ci, une solution raisonnable. J'étudie un projet. Nous en reparlerons quand tu seras reposée. Ce n'est pas à huit jours près.

Je pense qu'environ ce temps mon père, le fier, le dédaigneux, fut tourmenté par Wasselin-le-mauvais-ange. Wasselin, chassé de partout, s'était mis à jouer aux courses, non plus de manière accidentelle, mais avec une persévérance, une assiduité surprenantes chez cet homme « libre et volatil ». Il allait presque chaque jour en banlieue, dressait des listes, pointait des noms, se livrait à des calculs prodigieusement compliqués, consultait des ouvrages, appliquait avec rigueur des méthodes savantes qui changeaient chaque semaine. Bref il travaillait beaucoup plus qu'il ne l'avait jamais fait dans aucun emploi régulier. Saint et, s'il l'eût fallu, martyr du pari mutuel, il se livrait à des effusions apostoliques et prêchait les infidèles. Il arrêtait mon père sur le palier et tâchait de le séduire. « Je sais, je sais, disait-il, que votre affaire d'héritage vous enrichira tout d'un coup. Mais, en attendant, mon cher. Songez, en attendant! Ce n'est pas une question de chance; je sais que vous n'aimez pas ça. Au contraire, c'est absolument mathématique. Vous mettez cent sous, cent malheureux sous et vous touchez dix fois, douze fois la mise. Les mauvais jours, seulement sept fois, six fois. Bien entendu, vous pouvez mettre beaucoup plus de cent sous. »

Papa souriait, secouait la tête, résistait, en définitive. Il a toujours résisté. Il aimait l'aventure, non les jeux de hasard. Je n'ai jamais vu mon père jouer aux cartes, par exemple, ni prendre des billets de tombola. Ses chimères volaient ailleurs. Il était, comme tout le monde, et même beaucoup mieux que tout le monde, capable de se laisser duper, il l'a prouvé bien des fois; mais il demandait un semblant de raison valable. Il était encore très près de ces paysans bandés contre les hasards du ciel, de la terre et des éléments. S'il avait eu de l'argent, il aurait aimé, je pense, les valeurs dites « à lots », dont il nous parlait souvent, et qui supposent une chance miraculeuse, sans toutefois qu'on doive abandonner le sentiment du capital.

Son projet essentiel, depuis la maladie de maman, était de faire un emprunt. Oh! pas un petit emprunt! « Quelque chose, disait-il, d'une bonne importance moyenne, qui nous permette de voir clair. »

Il courut, pendant quelques jours, le monde

hideux des prêteurs. Il disait, en rentrant, le soir :

— C'est effroyable, Lucie! Mme Delahaie avait du génie, dans son genre. Elle a pris toutes les précautions. Imagine bien que les titres, ces fameux titres dont nos enfants ont la nue-propriété, dont, toi, tu as l'usufruit, ces titres qu'on ne pourrait vendre qu'après ta mort...

— ... Si seulement, soupirait mère, si seulement j'étais morte à l'hôpital, vous les auriez vendus, ces titres, et vous auriez de l'argent.

— Ne dis pas de sottises, Lucie. Nous n'aurions même pas pu les vendre. Tu n'as pas bien lu les paperasses. Moi non plus, je ne les avais pas bien lues. Mais les gens d'affaires, ça voit tout. On peut les vendre après ta mort, les titres, bien entendu. Mais à la condition que les enfants soient majeurs. A la condition, pour chacun des titres de douze mille cinq cents francs que chacun des enfants possesseurs ait atteint sa majorité. Patience : je n'ai pas fini. Reste la question d'un emprunt. En général il est toujours possible d'emprunter quelque chose sur un titre. Eh bien, même pour un emprunt, il est indispensable, avec tes fameux titres, que le nu-propriétaire ait atteint la majorité, ce qui, pour l'aîné, pour Joseph, demande un peu plus de cinq ans. Avoue que c'est admirable et que je n'exagère pas quand je dis que Mme Delahaie avait une espèce de génie. Quelle race! Quelle engeance!

Maman soupirait, rose de confusion, et papa repartait en chasse. Il revint un jour, l'air si las, si découragé que mère posa des questions.

— Qu'est-ce que tu as, Raymond?

— Rien de plus que les autres jours. J'ai cherché. Je n'ai pas trouvé.

— Qui donc as-tu vu, aujourd'hui?

— Personne qui t'intéresse.

Faite de méchante humeur, cette réponse n'était pas franche. Maman réfléchit un instant et demanda, la voix douce :

— Par hasard, tu n'aurais pas rencontré Mme Troussereau?

Alors, père avoua tout, comme un enfant pris en faute, sur le fait.

— Oui, j'ai vu ma sœur Anna.

— Tu n'as pas parlé d'emprunt?

— Si, j'ai parlé d'emprunt. A qui veux-tu que je m'adresse? Je ne connais personne, personne. Une sœur, ce serait naturel. Depuis son dernier veuvage, elle vit bien à son aise.

— Oh! Ram! Il ne fallait pas. Plutôt mourir de faim, Raymond! Même les enfants, oui, même les enfants! Demander à Mme Troussereau! Quelle honte! Quelle honte!

Maman sanglotait à sec, avec rage, avec désespoir.

— Ce qu'elle a pu te répondre! Tu n'as pas besoin de le dire. Je le devine assez bien. Comment veux-tu, maintenant, que j'ose la regarder en face?

Papa, soûl de rancœur, ne répondit pas un mot.

Quatre ou cinq jours passèrent, et je crois bien que papa commençait de lâcher pied quand maman lui dit, un soir :

— Écoute, Raymond, j'ai trouvé.

— Qu'est-ce que tu as trouvé?

— Une personne, pour l'emprunt.

Père fit un geste vague.

— On va nous prêter dix louis. Je vois la chose d'ici.

— Non, dit mère, posément. J'ai trouvé le prê-teur. Et nous aurons dix mille francs.

— Qui? fit père, incrédule.

— Notre voisin, M. Courtois.

Papa secouait la tête.

— Ma pauvre Lucie, tu rêves. Ces gens-là sont terriblement près de leurs sous. Dix mille francs! Une vraie fortune! Tu n'as pas regardé Courtois.

— Je te demande pardon, répliqua mère avec beaucoup de calme. Ce n'est pas une affaire en l'air. J'en ai parlé depuis deux jours. C'est même une affaire entendue. Il manque seulement un papier que je vais aller chercher, dès demain, moi-même, au Havre, chez le notaire, et qu'il ne peut me refuser : un extrait du testament concernant l'argent de Lima. Une copie! Je ne reviendrai que le papier dans les mains et je te donne ma parole que, moins d'une semaine après, nous aurons l'argent.

— Ce serait trop beau, dit mon père. Allons, explique-moi tout en reprenant au commencement.

Et notre mère expliqua tout : les conversations préparatoires, la grande réserve des Courtois, les arguments, la discussion, les mille points soulevés par la dame, par le frère, par les Fées, par toute la bande, finalement les conditions, l'intérêt, le remboursement futur. Oh! comme elle était habile avec son air ingénu! Papa disait : « Sais-tu, Lucie, que tu ferais une étonnante femme d'affaires? »

Et toutes les choses se passèrent comme maman les avait arrangées. J'étais, lors de cet événement, bien jeune, mais point inattentif. On en a parlé, dans la suite, autour de moi, pendant trente ans, en sorte que ma mémoire, avivée constamment, oui, je dis bien, remise à vif, saigne encore pour peu qu'on la touche.

Maman fit le voyage du Havre. Il fallut, pour parer à cette dépense immédiate, engager encore quelque chose, et ce fut la bibliothèque. Je parle du meuble, bien sûr. Pour les livres, nous nous serions fait tuer plutôt que de nous en dessaisir. On les empila dans un coin, le dictionnaire de Littré bien accessible, sur le tas, car on l'ouvrait à chaque instant, comme d'autres ouvrent la Bible.

Ce petit voyage prit deux jours, deux jours pendant lesquels nous retenions notre haleine. Et puis, maman reparut. Elle montrait un visage clair et nous rassura tout de suite :

— J'ai le papier. Un extrait, une copie. Ça ne peut pas se refuser. Si je l'avais demandé par lettre, nous en aurions eu pour trois mois. On sait comment ça se passe, avec messieurs les notaires. Mais, j'étais là! Je me suis assise dans un coin de l'étude et j'ai dit que j'allais attendre. Alors, quand ils ont compris que je ne m'en irais pas, ils ont fait dresser la copie. Ce matin, on a mis les cachets, la légalisation, je ne sais quoi. J'en ai pour seize francs soixante! Rien que de ce papier.

— Alors, tu l'as vu, Lucie?

— Le notaire? Le notaire du Havre?

— De qui penses-tu que je parle?

— Évidemment, je l'ai vu. Oh! c'est un homme comme les autres, un homme très ordinaire. Je croyais me rappeler qu'il était fort, sanguin, avec une encolure de taureau. Comme on peut se tromper, quand même! Il est plutôt maigre, plutôt pâle. J'ai pensé, tout à coup, qu'il devait être malade. J'y ai repensé dans le train et je me suis dit que s'il mourait par hasard, ce serait une chose effrayante. Je ne parle que pour nous.

— Oui, oui. Et qu'est-ce qu'il t'a dit?

Maman hochait les épaules.

— Tu sais que ces gens-là ne disent jamais grand-chose. Ils n'ont même pas l'air de savoir très bien de quelle affaire on leur parle. Ils en ont tant sur les bras! Il m'a dit que notre affaire à nous n'allait pas trop mal; seulement que le consul de France...

— Le consul de France! Quel consul? Voilà maintenant un consul qui se mêle de nos affaires!

— Nécessairement, Raymond. Le consul de France à Lima. Eh bien, il a changé trois fois en deux ans, et, chaque fois, c'est tout juste s'il ne faut pas tout recommencer. Il paraît même que les frais s'élèvent, sans qu'on y pense, qu'ils s'élèvent, petit à petit.

— Quels frais?

— Les frais de recherches.

— Oui, oui, dit papa, soucieux. Enfin, tu as le papier. Pour l'instant, c'est le principal.

Ils passèrent la soirée à régler tous les détails de cette affaire Courtois. Le prêt s'élevait en principe à la somme de dix mille francs. Nous prenions à notre charge les frais de timbre, assez peu considérables, et la perte causée par la vente des titres en un temps de moins-value. En d'autres termes, les Courtois vendaient pour dix mille francs de valeurs diverses. Cette vente, tout calculé, moins-value et commission, devait laisser, au cours du jour, neuf mille six cent cinquante francs, et nous donnions reçu pour dix mille. Papa grondait : « C'est incroyable! » Et maman répondait : « Non! C'est logique. Ils vendent, c'est à cause de nous, uniquement à cause de nous. C'est donc à nous de supporter la perte. » L'emprunt était consenti par M. Courtois l'aîné d'abord, et par M. Courtois le cadet agissant en son nom et au nom de ses sœurs. L'emprunt devait porter un intérêt de huit pour cent. M. Courtois avait dit : « Notre argent rapporte cinq. Si l'on tient compte du risque, vous pouvez servir huit, et ce n'est pas usuraire. » Il était stipulé qu'au moment de l'héritage, MM. Courtois seraient remboursés immédiatement, c'est-à-dire considérés comme les créanciers les plus favorisés et qu'ils recevraient alors, outre leurs dix mille francs, une indemnité spéciale de cinq cents francs en compensation des aléas qu'entraînerait un nouveau placement. Il était enfin prévu que si l'héritage, fraction Lima, tardait par trop à venir, le prêt serait remboursé, tout au moins pour les deux tiers, dès la majorité de Joseph, par le moyen d'un emprunt sur le titre nominatif dont il avait la nue-propriété.

Papa grinçait des dents. Maman tâchait à le calmer :

— Des choses comme ça t'étonnent, parce que tu n'as jamais eu d'argent, Raymond. Mais, chez mon oncle Prosper, où il y avait un peu de bien, on ne parlait que de ça, presque toute la journée : plus-value, moins-value, tant pour cent, garantie, recours en justice, et tout le reste. C'est la vie.

La cérémonie officielle eut lieu huit jours plus tard — le temps de passer les ordres — dans le « cabinet de travail ». Nous vîmes arriver d'abord M. et Mme Courtois, je veux dire Courtois l'aîné. Il était nerveux et sans cesse avançait les lèvres en poussant un petit grognement, ce qui hérissait bizarrement sa moustache teinte d'un noir-deuil. Il s'assit, les mains aux cuisses, sur le tabouret de piano. C'était un tabouret à vis. Parfois M. Courtois virait vers la droite ou la gauche, et la vis travaillait avec un âcre grincement.

Quelques minutes plus tard, les Fées entrèrent à leur tour, suivies de Courtois le cadet. Leurs odeurs de vieux cuir, de patchouli, de peau d'Espagne et de tabac à priser supplantèrent aussitôt les odeurs de notre clan. Nous autres, les enfants, massés derrière une porte, nous avions le sentiment d'être conquis, colonisés.

Maman commença de lire, d'une voix claire, naturelle, calme, le texte cent fois repris pendant les journées précédentes et recopié, pour finir, sur des feuilles de papier timbré. De temps en temps, M. Courtois levait l'index et disait : « Plaît-il? Voulez-vous recommencer tout le dernier paragraphe? Ma parole, je deviens sourd. » Mme Courtois se penchait à l'oreille de mon père et murmurait : « Je n'ose pas le lui dire, mais c'est vrai qu'il devient sourd. » Parfois, M. Courtois élevait la main pour qu'on suspendît la lecture. Il pivotait à droite, à gauche, sur le tabouret de piano, fronçait les sourcils qu'il portait touffus et teints et disait : « J'entends très bien grincer la vis. Je ne suis donc pas sourd. C'est que Mme Pasquier parle trop bas. » Et maman élevait la voix.

Une seconde lecture du texte fut ensuite donnée par Courtois le cadet. Les Fées branlaient la tête, à chaque phrase, en mesure, comme certaines gens sensibles à l'audition d'une pièce de poésie.

Ces deux lectures achevées, maman signa, la première : Lucie-Éléonore Delahaie, épouse Pasquier. Elle écrivit, humblement, un Delahaie minuscule et le Pasquier trois fois plus gros. Papa signa le dernier. Il souriait, l'œil lointain.

Alors, avec des gestes prudents, comme s'ils allaient saisir une bête venimeuse ou quelque substance explosive, les deux Courtois fouillèrent en même temps dans la poche intérieure de leur jaquette. Ils avaient, pour plus de sûreté, partagé la somme en deux. M. Courtois le vieux compta d'abord cinq billets de mille francs. Il dit : « A toi, maintenant! » Courtois le cadet compta quatre mille six cent cinquante francs. Ils avaient posé les billets au milieu de la table et gardèrent pendant quelque temps la main dessus, à plat. Puis ils dirent : « Comptez vous-mêmes. » Notre mère compta les billets et les tendit à papa. Les Courtois lisaient de l'œil le reçu sur papier timbré, avant de le plier et de le mettre dans leur poche.

Pendant une bonne demi-heure, la société fit en sorte de parler paisiblement, comme les samedis de « banque ». Ce n'était pas facile. Toutes les gorges étaient serrées par une angoisse indicible. Et le crâne de M. Courtois, si blanc d'ordinaire, était marbré de plaques rouges.

Les Courtois n'en finissaient pas de s'en aller. Ils jetaient sur toutes nos affaires, sur nos meubles, sur nos personnes, un regard nouveau, terrible, même dans le sourire : le regard de celui qui a, comme il paraît qu'on dit, des droits.

Ils se retirèrent pourtant. Papa rangea les billets dans le tiroir de la table, celui qui fermait à clef. Il chercha pendant longtemps où cacher cette petite clef. Il se résolut, en désespoir de cause, à la laisser sur le tiroir. Nous allâmes, à tour de rôle, voir si la porte du palier était verrouillée avec soin. Toutes les fenêtres du balcon furent closes, et même les persiennes. Et je peux dire que, cette nuit-là, nul de nous ne ferma l'œil, pas même la petite Cécile.

CHAPITRE XVII

DE L'EMBARRAS DES RICHESSES. L'INCANDESCENCE
AU GAZ. DIALOGUE SUR LE CAPITAL ET LA PROSPÉ-
RITÉ. L'ÉPARGNE FRANÇAISE EN PÉRIL. MALAISES
DUS AUX PREMIÈRES CHALEURS. NUIT D'ATTENTE
ET D'INQUIÉTUDE.

Maman voulut, tout d'abord, nous acheter à tous
des vêtements et du linge. Il fut ensuite décidé qu'on
garderait pour le courant de la maison une somme
d'argent liquide, que l'on dégagerait presque tous
les objets déposés au mont-de-piété, que l'on s'occupe-
rait enfin de mettre en sûreté le reste de la somme,
soit environ sept mille francs. Mère, avec modestie,
parlait de la Caisse d'Épargne. Papa souriait dédai-
gneusement.

— Lucie, tu n'y songes pas. La Caisse d'Épargne
n'accepte que des sommes très petites : quinze cents
francs, à peu près. Il nous faudrait plusieurs livrets
à des noms différents et, pour toi, par exemple,
des autorisations maritales, des histoires à n'en
plus finir. En outre, l'intérêt qu'ils servent est dérisoire, inexistant.

— Oui, mais nous pourrions retirer l'argent au
fur et à mesure de nos besoins, facilement.

— Lucie, laisse-moi réfléchir.

— Sois prudent, je t'en supplie.

Papa ne répondit rien. Il était bien résolu, depuis qu'il avait l'argent, à n'en faire qu'à sa tête. Lui qui, si volontiers, criait : « Lucie! Lucie! » dans les instants de détresse, il redevenait, avec la prospérité, le maître, le dictateur.

Il fit, sans nous en souffler mot, toutes sortes de démarches et, brusquement, un soir, il nous annonça la bonne nouvelle. Cela se passait, comme toujours, pendant l'heure du souper, et nous prenions, nous, les enfants, nous prenions à l'entretien une part variable, déjà grande pour Joseph et, pour Cécile, toute petite.

— C'est fait, Lucie, dit papa. J'ai trouvé notre placement.

Maman devint tout de suite attentive.

— Explique-moi ton projet.

— Tu te rappelles bien, Lucie, que nous devons servir à nos prêteurs un intérêt de huit pour cent.

— Sois sûr que je ne l'oublie pas.

— Huit pour cent! Ça va bien. Je veux bien laisser Courtois répéter à tout bout de champ que ce n'est pas usuraire. C'est, en tout cas, terriblement lourd et, je peux le dire, entre nous, à la limite de l'honnêteté. Enfin, passons! Si nous plaçons cet argent, nous-mêmes, à trois ou quatre, nous ne récupérons pas la moitié des sommes à verser, surtout que nous payons les intérêts pour dix mille et que nous ne pouvons placer que sept mille à peu près. Il m'a donc fallu chercher une affaire exceptionnelle qui nous rapporte au moins de quoi couvrir les intérêts Courtois. Eh bien, j'ai trouvé, Lucie. J'ai trouvé du douze pour cent.

Maman ferma les yeux.

— Mon oncle Prosper disait que l'argent ne peut pas rapporter au-dessus de dix et même qu'il ne faut pas chercher au-dessus de dix, que c'est aventureux.

— Ton oncle Prosper était peut-être un commerçant adroit, c'était surtout l'homme d'un autre temps, l'homme des petites idées. Tu comprends bien, Lucie, que ce n'est pas du douze pur. Pour obtenir ce douze, il faut additionner l'intérêt et le dividende. Sept d'un côté, cinq de l'autre, du moins pour cette année, car si nous pouvons laisser l'argent, dans quelque temps nous toucherons bien davantage.

— Attends un peu, Raymond. On te donne, à toi, de l'argent pour lequel on te demande huit. Et tu dis que c'est usuraire. Si, si, Ram, tu le dis, tout en disant que tu ne le dis pas. Et, dans le fond de mon cœur, je suis un peu de ton avis. Alors, toi, tu prêtes, à ton tour, l'argent que tu viens d'emprunter.

— Comment ça? Je ne le prête pas : je le place.

— C'est la même chose. Un placement, c'est un prêt. Et toi qui te plains avec raison d'avoir à donner du huit, voilà que tu prends du douze. Raymond, je ne comprends pas.

— Ce que tu ne comprends pas, c'est que mon argent, celui que je place, que je prête, si tu veux, je le prête à des gens qui le font travailler. Travailler! Tu vois, Lucie, ce que ça veut dire?

— Oh! oui! Je vois. Je comprends. Qu'est-ce que c'est que cette affaire?

— Une affaire étonnante dont Markovitch me parlait depuis plus d'un an. Le nom ne te dira rien. C'est une affaire industrielle. Tiens, voilà leur papier.

Mon père tendit une feuille sur laquelle on lisait : INCANDA-FINSKA. *Société pour l'exploitation des brevets Finska. Éclairage par l'incandescence au gaz.*

Maman lisait, le front plissé.

— Oui? Qu'est-ce que tout cela veut dire?

— Je te répète, Lucie : une affaire exceptionnelle. Une société par actions.

— On parlait toujours, dit maman, l'air perplexe, on parlait, chez mon oncle Prosper Delahaie, de ces affaires prodigieuses qui n'existent qu'en façade. L'incandescence au gaz! Vraiment!

Papa se mit à frapper sur la table, en mesure, avec la pointe de ses ongles, ce qui traduisait l'agacement.

— L'incandescence! Oui, Lucie! Et je t'affirme que ça se voit, que ce n'est pas une illusion. Je suis allé dans leurs bureaux qui sont, comme tu le penses bien, éclairés par leurs procédés. C'est un éblouissement!

— Enfin, soupira maman, c'est une affaire à voir.

— Mais, Lucie, elle est toute vue.

— Ram, avant de rien décider, réfléchissons quelques jours.

— Lucie, c'est tout réfléchi. Il n'y avait pas de temps à perdre. J'ai eu les actions aujourd'hui pour six cent quatre-vingt-dix. On les paiera demain sept cent cinquante. Alors, j'ai donné les ordres. J'ai même donné l'argent.

Mère se mit à trembler du menton.

— Il faudrait attendre un peu.

— Puisque je te dis que c'est fait, que c'est bien fait. Nous n'avons plus qu'à dormir sur nos deux oreilles.

— Et quand nous aurons besoin d'argent pour la maison, pour tes examens de mai, pour une raison quelconque?

— Eh bien, nous vendrons une action, deux actions s'il le faut. Il suffit de s'y prendre quarante-huit heures d'avance.

Maman ne répondit plus rien.

Elle commença de maigrir, de pâlir, de se tourmenter. Elle parlait souvent toute seule, soit la nuit, pendant sa couture, soit quand elle était occupée à la cuisine. Je l'entendais murmurer : « De l'argent qui n'est pas à nous! Oh! je ne peux pas vivre comme ça. »

Pourtant, tout allait fort bien. Papa revenait le soir et disait à brûle-pourpoint :

— Sais-tu combien j'ai gagné dans la journée d'hier? Oh! je ne parle pas de Cleiss : ça c'est presque négligeable. Non, je pense à l'Incanda, je parle des actions. Sais-tu combien j'ai gagné?

— Comment pourrais-je le savoir?

— Cent cinquante francs, Lucie. Ce que je reçois de Cleiss après vingt veillées de travail. Avoue que l'argent, c'est un truc et qu'on est un peu bête de s'user jusqu'à la fibre pour gagner dix à douze francs par nuit.

— Comment calcules-tu, pour cent cinquante francs?

— Quinze multiplié par dix, c'est simple comme bonjour. Si ça continue comme ça, je voudrais t'acheter quelque chose. Qu'est-ce qui te ferait plaisir, Lucie?

Maman secouait la tête.

— Je sais bien qu'il y a des gens, et même beaucoup de gens, qui gagnent leur argent comme ça. Laisse-moi te dire, Raymond, que je ne peux pas le comprendre. Cet argent, c'est donc quelqu'un qui le gagne à notre place.

— Non, c'est l'argent qui travaille.

— Réfléchis un peu, Raymond. Ce sont les hommes qui travaillent. L'argent, lui, ne fait rien. Et si ce n'est pas quelqu'un qui le gagne à notre place, peut-être bien, alors...

— Alors?

— Peut-être qu'il n'existe pas.

— Veux-tu que j'aille le chercher?

— Oh! oui, Ram! Fais ça! Comme je serais soulagée!

— Lucie! Pauvre Lucie! Que tu es bien Delahaie! Tu ne comprends rien au monde moderne.

A quelques semaines de là, maman demanda de l'argent.

— Il faudrait tâcher, dit papa, d'attendre encore huit ou dix jours.

— C'est que nous touchons au bout. Je ne vais pas pouvoir attendre.

— Il faut attendre, dit papa. L'Incanda, pour le moment, renouvelle son matériel. Les actions baissent un peu. Nous avons été prévenus. C'est une chose tout à fait normale.

Maman devint très pâle.

— Raymond, vends-les tout de suite! Les actions, toutes les actions!

— Tu es folle, perdre plus de mille francs.

— Tout de suite, Raymond! Veux-tu que je te le demande à genoux?

Papa saisit son chapeau, fit deux ou trois fois le tour de la chambre et se dirigea vers la porte.

— Cette scène est ridicule, elle est même inconvenante. Ne t'imagine pas que je vais céder à la peur et liquider mes actions. Je m'en vais, de ce pas, travailler ailleurs, dans un endroit quelconque où, du moins, j'aurai la paix.

Cinq jours plus tard, un jeudi matin, je ne l'oublierai jamais, Mme Wasselin vint quérir Désiré jusque dans la chambre où nous jouions tous deux. Elle tenait à la main je ne sais quel journal dont elle faisait sa pâture. Elle disait, de sa voix rauque et mélodramatique :

— Vous avez vu? La catastrophe! Ah! il y aura des pleurs et des grincements de dents, aujourd'hui, dans beaucoup de ménages.

Maman, qui n'écoutait guère les jérémiades Wasselin, dressa tout à coup l'oreille. Elle avait, pour le malheur, une vertu de divination.

— Une catastrophe, dites-vous? Une catastrophe de chemin de fer?

— Mais non. Regardez vous-même. Ah! ce sont de grandes canailles!

Maman prit le journal, y jeta les yeux furtivement, oscilla sur elle-même et tomba, d'un seul coup, tout de son long, sur le plancher.

Elle était évanouie. Il fallut dégrafer son corsage, lui mouiller les joues d'eau fraîche, lui donner des claques dans les mains. J'étais à demi mort d'angoisse et j'eus pourtant la curiosité de prendre le journal. On y lisait en grosses lettres : *L'Épargne française en péril. Le scandale de l'Incanda-Finska. Arrestation des administrateurs. Les personnalités politiques compromises. Manifestation de la foule au siège de la société, etc.*

Mme Wasselin tenait sur ses genoux la tête de maman. Elle disait, l'air lugubre :

— Alors, c'est que vous trinquez? Pauvre dame, tout de même. Des soucis d'argent, Dieu de Dieu! tout le monde en a. Si vous voulez que je vous dise : je sais ce que c'est que la vie et je ne peux imaginer qu'il y ait d'autres soucis, mais, là, de véritables soucis, que les soucis d'argent. C'est ça qui entraîne tout le reste.

Maman reprenait ses esprits et put s'asseoir sur une chaise.

— Vraiment, disait Mme Wasselin, vous auriez perdu des sous dans cette histoire de faillite?

— Mais non, répliquait maman. Nous n'avons rien perdu, madame. Je ne connaissais pas cette histoire. C'est seulement la chaleur. C'est seulement le mois de mai.

Nous avions tout compris. Nous, je veux dire Ferdinand et moi. Nous restions muets d'horreur et peut-être d'admiration.

Le reste de la journée, maman s'enferma dans une chambre, ce qu'elle ne faisait jamais. Nous frappâmes deux ou trois fois, pour tromper notre tristesse. Maman répondait : « Si vous n'avez besoin de rien, laissez-moi, mes enfants. Laissez-moi, je suis malade. »

Chose effrayante et rare, ce soir-là, père ne rentra pas coucher. Maman s'assit sur une chaise devant la fenêtre ouverte et passa toute la nuit là, allant de minute en minute sur le balcon pour écouter les bruits de la rue.

Papa ne revint que le lendemain matin. Il n'était ni peigné, ni rasé, ni brossé. Il avait l'air dur et terrible. Maman lui servit du café sans articuler une syllabe.

CHAPITRE XVIII

MISÈRES D'ÉTÉ. VUES SUR LA NOURRITURE ET L'AP-
PÉTIT DES ENFANTS. ALLÉGEMENTS. NOUVEAUX
MIRACLES ORPHIQUES ET SUCCÈS SCOLAIRES. DIS-
COURTOISIE DES COURTOIS. L'ÉPREUVE DU TABOU-
RET. VARIATIONS SUR LA DÉMENCE.

Cette infortune, pour nous si poignante, prélude
aux événements d'un été néfaste entre tous, l'été
de 91. Les ténèbres de l'hiver jettent sur l'adversité
des voiles funéraires qui en sont la hideuse parure
naturelle. Mais, quand je suis malheureux, je hais
l'été perfide, ses moiteurs, ses orages, ses délices
vénéneuses et tout ce cruel discord entre le ciel et
mon âme.

Notre salle à manger redevint un atelier de coutu-
rière. Maman partait tous les deux jours et rapportait un gros paquet de vêtements qu'il lui fallait
coudre, doubler, munir de boutonnières et de boutons.

Nous avions fini, pour ne pas brouiller l'ordre
des étoffes, par manger dans la très petite cuisine
que je chérissais, sans le dire, parce qu'elle était
toujours sombre et qu'elle s'accordait bien à la
couleur de nos pensées.

J'avais un peu plus de dix ans. J'étais maigre et même chétif. Je ne mangeais presque rien, peut-être par dégoût de tout au monde, peut-être parce que, déjà, les enfants ont de ces calculs, je ne pouvais m'empêcher de réfléchir, en l'avalant, au prix de chaque bouchée. Certains jours, un flot de sang me montait du cœur au visage, ma bouche s'emplissait d'eau; je sentais mes dents grincer comme celles d'un jeune animal. J'avais faim, malgré tout, je voulais manger et vivre. C'est alors que j'ai découvert le sens et la force des nourritures simples : le pain, le fromage, le sucre. J'y pense encore, presque chaque jour. Et puis je me sentais ressaisi de langueur. Une fois par-ci par-là, nous mangions un peu de viande. Supplice écœurant. Tristesse. La grosse bouchée de veau, réduite à l'état de ficelle, et qui ne veut pas descendre, et qui passe d'une joue à l'autre, pendant que les yeux de l'enfant s'emplissent de larmes claires. Heureusement, heureusement, nous avons, cette saison-là, presque oublié le goût de la viande.

Je le répète, j'avais un peu plus de dix ans. Je connaissais, de la vie, bien des choses que beaucoup d'hommes n'ont pas même imaginées, à l'instant de quitter ce monde.

Que je ne sois pas injuste, que je ne sois pas ingrat! Certains dédommagements nous étaient parfois octroyés. Certains soirs, l'enfant Cécile s'asseyait devant le piano. Pendant une petite heure, toute misère oubliée, nous écoutions notre ange comme les animaux, jadis, écoutaient Orphée, le chanteur thrace.

J'obtins, cette année-là, mon certificat d'études, de manière précoce et brillante. Papa venait justement de passer des examens et d'y réussir. Il me soulevait dans ses bras et, me juchant sur son épaule, disait, le visage épanoui : « Voici les deux lauréats! »

Il avait le don d'oubli, ce qui, selon les heures, est grande faute ou grande vertu. Il effarouchait maman par des réflexions telles : « En somme, il est heureux que ces affaires du Havre aient traîné jusque maintenant. Si nous avions touché la totalité de la somme, au lieu d'emprunter aux Courtois, j'aurais peut-être placé dans cette affaire d'Incanda, trente-cinq ou trente-six mille francs. C'était une si belle affaire! Et nous aurions tout perdu. »

Car l'affaire de l'Incanda ne laissait plus aucun espoir. Chose étonnante, père en parlait avec un mélange de fureur et de tendresse. Il a toujours, par la suite, du moins chaque fois qu'il l'a pu, trinqué dans ces grands naufrages, dans la débâcle Thérèse Humbert, dans le désastre Rochette. Le génie de ces aventuriers le fascinait bien un peu, malgré qu'il en eût et quoi qu'il en ait pu dire.

Non, que je ne sois pas ingrat! Nous allions à la dérive, souvent dépourvus et désemparés; mais nous avions toujours de grands projets, nous cultivions de beaux espoirs, et nos parents nous aimaient. J'inventais, à ce sujet, chaque soir, des actions de grâce et pensais avec douleur à Désiré. Son père, irrité de maintes mésaventures, de maints échecs, affronts et faux pas, s'était avisé de chercher du soulagement en battant son plus jeune fils. Oh! non plus par caprice, mais avec régularité, deux ou trois fois par semaine, dans une intimité farouche, toutes portes closes et Mme Wasselin préalablement refoulée sur le palier.

Désiré faisait souvent, pour rester muet, un effort courageux. Parfois, il succombait aux larmes. Alors, nous entendions tout. Papa se levait, un peu pâle, sa moustache en hérisson. Il allait frapper à la muraille ou même à la porte et criait d'une voix altérée : « Arrêtez tout de suite, monsieur, ou je vais chercher la police. A moins que je ne vous corrige de mes propres mains, monsieur. »

Désiré, le lendemain, me disait avec un sourire :

— Laurent, ce n'est rien du tout. Dis à ton père que ce n'est rien du tout. Papa voulait s'amuser. Il ne m'a rien fait, je t'assure. Il a seulement des ennuis. Il a dû reprendre un emploi, un emploi qui ne lui plaît pas.

Notre principal souci nous venait alors des Courtois. La « banque » était devenue une institution sacrée, quelque chose d'absolument obligatoire. Maman, plantant là ses coutures, devait y figurer, et de même notre père qui n'avait pas une soirée à perdre et que ces séances exaspéraient. Les Courtois prenaient l'habitude, soit le mâle, soit la femelle, soit quelque autre citoyen de la tribu, de pénétrer chez nous, sous un prétexte même futile, comme d'apporter un journal, ou de voir l'heure, ou d'emprunter une allumette, ou même de regarder, avant une promenade, notre baromètre à mercure dont les Fées disaient : « C'est un appareil de valeur. » Mme Courtois, si nous étions à table, c'est-à-dire dans la cuisine, s'appuyait une minute au chambranle de la porte. Elle disait : « Tiens! vous avez des cerises! Nous n'y avons pas encore goûté cette année, nous autres. » Maman répondait : « C'est que nous ne prenons pas de viande. » Alors Mme Courtois : « La salade, c'est bon, l'été; mais ça mange beaucoup d'huile. Il faut savoir se priver, dans le temps que nous traversons... »

Quand elle était partie, maman murmurait, le souffle court : « Si nous avions encore l'argent, je le leur rendrais tout de suite. »

Nous finissions par nous cacher de tout, aux yeux de nos créanciers. En revenant, le matin, avec ses maigres provisions, maman se dépêchait de passer devant la porte des Courtois. Elle gémissait : « Mes pauvres petits, vous n'avez que de vieux vêtements, et c'est une bénédiction. Si l'on vous en donnait de neufs, je n'oserais même pas vous les mettre, pour ne pas m'attirer une réflexion désobligeante. »

En vérité, je crois que notre imagination malade cherchait, trouvait, inventait, à tout propos et même hors de tout propos, de folles raisons de souffrir. Et les choses en étaient là quand accourut à la traverse un événement ravageur.

M. Courtois devenait sourd. Ses proches l'avaient remarqué. Nous le savions, nous aussi. Il arrivait qu'il pénétrât dans la maison, j'entends chez nous, sans même frapper à la porte. Il était escorté de sa femme et poursuivait, en entrant, une querelle, toujours la même : « Vous permettez, disait-il, que j'aille au tabouret? » Il s'agissait de notre tabouret de piano dont le grincement, fort aigu, traversait encore assez bien cette surdité grandissante. M. Courtois faisait grincer le tabouret et, se retournant vers sa femme : « J'entends parfaitement le tabouret, criait-il d'une voix victorieuse. Du moment que j'entends le tabouret, c'est donc que je ne suis pas sourd. »

Et Mme Courtois disait :

— Mais, mon ami, personne ici ne pense que tu es sourd.

Le bonhomme tournait le dos et sortait, bien tranquillement, tout fier de sa démonstration.

Nous commencions de trouver cette cérémonie naturelle, mais les choses changèrent d'allure.

Un soir, M. Courtois fit son entrée comme d'ordinaire, en tournant, sans façons, la clef du vestibule.

Nous achevions de souper, et pressentant quelque chose d'anormal, nous passâmes aussitôt dans la salle à manger toute pleine d'étoffes, de coupons, de fils, de pelotes, d'épingles. Derrière M. Courtois s'avançait la tribu : la femme, le frère et les Fées. Ils avaient les traits tirés, les mains tremblantes, l'odeur folle. Ils regardaient avec effroi leur chef, maître et seigneur.

M. Courtois ne fit qu'un signe et ne dit qu'un mot : « Je vais au tabouret. » Il ne s'excusa même pas. Il obtint du tabouret divers grincements, il vint dans la salle à manger et s'assit sur une chaise, les mains aux cuisses, des gouttes de sueur au bout des poils.

— Non, dit-il, je ne suis pas sourd. Ceux qui tâchent de l'insinuer pourraient bien s'en repentir.

Il y eut un instant de silence. Enfin M. Courtois cria d'une voix furieuse :

— Si l'on dit que je suis sourd, savez-vous ce que je vais faire? Je vais redemander l'argent. Je vais exiger mon argent. Qu'a-t-on fait de mon argent?

Mme Courtois s'avançait. Elle parlait très doucement, comme on parle aux enfants malades :

— On te le rendra, ton argent. Sois tranquille, mon mignon! N'est-ce pas, madame et monsieur, qu'on lui rendra son argent? Sois tranquille, mon chéri, va faire tourner le tabouret. Tole, veux-tu? fais-lui tourner le tabouret.

Courtois le cadet poussait doucement le bonhomme dans la pièce voisine. A peine furent-ils sortis, Mme Courtois et les Fées commencèrent de pleurer.

— C'est affreux, madame Pasquier. Il est devenu fou, depuis cette misère d'oreilles. Il est complètement fou. Qu'est-ce que nous allons faire?

— Il faut, dit mon père, il faut aller chercher le médecin.

Mᵐᵉ Courtois sursauta. Les larmes délayaient sa poudre. Elle était monstrueusement laide.

— Un médecin! Vous n'y pensez pas. Si les médecins s'en mêlent, ils voudront me l'enfermer. Je ne veux pas qu'on me le prenne. Je veux le garder, le soigner moi-même.

— Madame, dit maman avec beaucoup de présence d'esprit, je vous comprends très bien. J'en ferais autant à votre place. Enfin, Ram, tu me comprends : il ne s'agit pas de toi. N'appelez pas le médecin. Nous ne dirons rien, bien sûr. Mais si M. Courtois réclame encore l'argent, cela fera des histoires et tout le monde verra bien que M. Courtois est malade.

Mᵐᵉ Courtois s'était arrêtée de gémir. Elle nous lançait maintenant un regard sec et menaçant. Le problème venait d'être posé par maman de façon irréprochable. Mᵐᵉ Courtois mit un peu de poudre et se tourna vers ses belles-sœurs.

— Vous allez me faire le plaisir de vous torcher la figure et de sourire. Compris? Qu'il ne s'aperçoive de rien. Quant à vous, madame Pasquier, je vais le calmer, pour l'argent. Oh! je sais comment m'y prendre. Même fou, c'est encore mon mari. Je le connais. Je vous répète que je vais le calmer. Seulement, qu'on ne dise rien au-dehors et qu'on soit gentil avec lui. Vous m'entendez, les enfants?

Elle jetait un regard à la ronde. Mon père avait disparu. Je pense qu'il était allé se promener dans le quartier. On ne le revit que vers la mi-nuit. Les Courtois, avec des mots, des caresses, des douceurs, emmenaient leur dément qui ricanait et criait : « J'entendrais voler un moustique. J'entendrais tomber une épingle. Je ne suis pas plus sourd qu'un autre. »

La porte refermée, maman se laissa choir sur une chaise. Elle se tordait les mains. Elle disait : « C'est intolérable! Qu'avons-nous fait pour mériter une punition pareille? » Elle entrevoyait encore, en tout malheur, un châtiment.

Les jours suivants, M. Courtois fit des apparitions brèves, tantôt seul et tantôt sous escorte. Il allait au tabouret et le faisait grincer longuement. Il disait aussi, l'air bonasse : « Attention à mon argent! Un mot de travers, pas plus, et je suis homme à le réclamer, mon argent. »

Il tenait aussi des propos de la plus pure démence. Nous commencions, nous, les enfants, d'en rire à la dérobée, car ce n'était pas seulement affreux, c'était quand même assez drôle.

Parfois, saisi de frayeur, je me sauvais sur le balcon. Désiré venait me rejoindre. Nous passions là des heures à communier dans la tristesse. Je disais :

— Est-ce que tu veux toujours te faire prêtre? Moi, ça me plairait bien.

Et Désiré de répondre :

— Je t'ai déjà dit que non. C'est fini. Je ne veux plus.

CHAPITRE XIX

BRUITS DE FÊTE. ÉMOTION DE JOSEPH. UNE CATASTROPHE. INTERVENTION REGRETTABLE DE M. RUAUX. JUPITER ET LA FOUDRE. UN SOIR D'ORAGE. SILENCE ET DOULEUR. IN MEMORIAM.

C'était un jour de la mi-juillet, la veille ou l'avant-veille de la fête nationale, je ne pourrais préciser. Je sais que la poste marchait, puisqu'il y eut, dans la soirée, une distribution de lettres. Je sais que les maisons de commerce travaillaient encore, puisque Joseph était parti, dès sept heures, comme à l'ordinaire. Je sais que, ce matin-là, nous avions été, Ferdinand, Cécile et moi, à l'école. Et je sais même que la quittance du terme n'avait pas été présentée. Mais c'était bien la mi-juillet : à l'effroi de cette journée se trouvent mêlés, vers le soir, des envols de piston, des gloussements d'ophicléides. L'ombre orageuse et brûlante est incendiée de lampions. Une triviale rumeur foraine souille à jamais l'un de mes plus noirs souvenirs.

Joseph rentra vers midi. La maison était calme encore; les murmures de la rue disaient que tout le quartier commençait de trembler des pattes et s'apprêtait à valser sur les bitumes ramollis.

Joseph arrivait toujours le dernier, car il travaillait au loin. Quand il entra, nous étions tous à table. Il retira son chapeau, s'épongea le front et dit :

— Vous ne savez donc rien?

Et, comme nous restions béants :

— M. Wasselin est en prison.

A la louange de mes parents, je dois dire qu'ils n'accueillirent pas cette nouvelle avec des « je m'en doutais », ou des « ça ne m'étonne pas ». C'étaient des gens simples et droits, encore bien proches de ce peuple pour qui le mot de misérable désigne indifféremment le coupable et le malheureux.

— Comment le sais-tu? dit papa.

— La police est en bas, dans la loge de la concierge. Le père Tesson m'a tout dit parce que je voulais entrer, voir s'il y avait des lettres. M. Wasselin est allé, ce matin, à son bureau, dans cette nouvelle maison, *Au Petit Saint-Germain*. Ce matin comme tous les jours. Et c'est dans son bureau même qu'on est venu l'arrêter.

— Qu'est-ce qu'il a fait, mon Dieu?

Joseph ne donnait pas à croire qu'il serait un homme tendre. Pourtant, il baissa la tête et dit d'une voix effrayée :

— Il a détourné deux mille francs. On dit : détourner. C'est la même chose que voler. Mais voler, voler, c'est trop triste.

Maman soupirait :

— Assieds-toi, Joseph. Il faut quand même que tu manges quelque chose.

Et Joseph répondit :

— Je n'ai plus faim.

Le repas, le semblant de repas, s'acheva dans le silence. Maman dit, en terminant :

— Si j'allais chercher Désiré. Nous pourrions le garder ici.

Papa secoua la tête :

— C'est trop tard. Les voilà.

On entendait, sur le palier, des pas d'hommes. Et puis un coup de sonnette, lointain, maigre, perdu dans le fond d'un autre monde. Et puis la voix de Mme Wasselin. Et puis un cri farouche, un cri de tragédienne à qui l'on viendrait apprendre que son époux est mort, non celui de la tragédie, mais bien celui de la chair.

Nous étions tous debout, l'oreille attentive.

— Ram, dit maman, Ram, s'il faut consoler cette pauvre dame, j'irai, le moment venu. Mais toi, Raymond, tu ne peux rien. Autant vaut sortir, Raymond, et t'en aller à tes cours.

Papa répondit qu'aux approches d'un jour de fête il n'avait rien à faire au-dehors et que les bruits de la rue lui retiraient toute envie de sortir. Il prit un livre et s'assit, tenant sa tête à deux mains. Bien qu'il ne fumât jamais, il alla chercher, dans une boîte, une vieille cigarette toute jaune et se prit à la fumer. On s'aperçut, trois heures sonnées, que nous n'étions pas retournés à l'école, nous les petits, et que Joseph avait oublié son bureau. Nous attendions. Nous attendions quelque chose d'extraordinaire.

Vers trois heures et demie, les gens de la police quittèrent la place. Le bruit de leurs souliers finit par s'abîmer dans le silence anxieux de la maison. Je ne sais ce qu'avait pu redouter maman, mais elle eut un profond soupir.

— Jurez-moi, dit-elle, de ne bouger ni les uns, ni les autres. Je vais voir la pauvre dame.

— Maman, fis-je à mi-voix. Je voudrais parler à Désiré.

— Laisse Désiré tranquille. Si je peux le ramener, il dînera ce soir avec nous.

Maman sortit et tira la porte. Elle revint dix minutes plus tard.

— C'est triste à voir, dit-elle. Ils ont tout bouleversé, dans l'idée de retrouver l'argent. Ça ne peut pas se raconter : le linge au milieu de la chambre, toute la vaisselle par terre, l'édredon décousu et le courant d'air qui fait voler le duvet. Ils ont ouvert les livres de classe des enfants. Ils ont même décroché les gravures et la suspension de la salle à manger. Pourquoi? On se le demande. Ils n'ont rien trouvé, cela va sans dire. Ces deux malheureux mille francs, M. Wasselin a dû les laisser sur les champs de courses. Ou quoi? Mon Dieu! Quoi donc?

— Et Mme Wasselin?

— Elle est à plaindre. Elle ne savait rien, c'est sûr. On l'a traitée comme une voleuse. Les grands enfants ne sont pas là. Le fils est un garçon perdu. La fille ne vaut guère mieux. C'est une famille en cendres.

— Et Désiré? fis-je à voix basse.

— Désiré pleure, derrière le lit. Ni sa mère ni moi-même nous n'avons pu le tirer de là. Pauvre Désiré! Mes enfants, c'est bien triste. Faites ce que vous pouvez pour passer le temps. Soyez sages. Je vais aider cette dame à remettre de l'ordre. Il faut quand même ranger le linge et la vaisselle. Qu'est-ce que tu fais, Raymond?

— Moi? Rien. Tu vois, je travaille.

Maman retourna chez les Wasselin et deux grandes heures passèrent. De temps en temps, papa se levait et sortait respirer sur le balcon. Il avait l'air irrité. Il ne disait pas un mot. Il tirait sur sa moustache et regardait le ciel épais, sourcilleux, chargé de foudre.

Il était plus de six heures et l'après-midi se mourait quand nous entendîmes sonner à la porte des Wasselin. Nous avions l'oreille en garde et nous retînmes notre souffle. Une voix lourde, lente, disait :

— Je veux voir Mme Wasselin.

— Monsieur, répondit maman, vous feriez mieux d'attendre. Mme Wasselin vient d'être bien cruellement éprouvée.

— Je le sais, et c'est pour ça que je veux la voir tout de suite. Enfin, madame, je pense que vous devez me connaître. Je suis M. Ruaux, je suis le propriétaire, je suis votre propriétaire.

Papa venait de se lever. Il avançait à pas de chat vers la porte d'entrée. Il se tint là, silencieux.

— Vous comprenez, madame, disait le visiteur, que je ne veux plus jamais voir la police dans mon immeuble. M. Wasselin est en prison, ce n'est drôle pour personne. Mais Mme Wasselin est là. C'est à elle que je vais parler. Vous pouvez lui dire, madame, que je lui donne son congé. Et ce n'est pas pour l'année prochaine, c'est pour tout de suite, pour tout de suite. Je ne veux pas de voleurs dans ma maison.

Le bonhomme élevait la voix. Une espèce de gémissement nous fit comprendre à tous que Mme Wasselin venait enfin de comparaître.

— Pas de voleurs dans ma maison!

C'est alors que, tout doucement, mon père ouvrit notre porte. Je dois dire qu'à cette minute il me parut très beau, très fier. Il a toujours été maigre, mais il était, en ce temps-là, presque aussi maigre que l'illustre gentilhomme de la Manche. Sa longue moustache remuait, comme animée d'une vie propre. Il avait d'assez belles mains, glabres, blanches, nerveuses et dont il jouait. Il ouvrit la porte, bien doucement, puis en grand. Nous étions tous derrière lui, fascinés, émerveillés, avec le sentiment qu'on allait soulever le poids qui nous écrasait la poitrine.

— Monsieur, dit papa posément, vous êtes le propriétaire. Et moi, je suis M. Pasquier. Eugène-Étienne-Raymond Pasquier.

Le propriétaire fit front. Il était massif, de poil gris. Il avait une barbe claire, les pattes en cerceau, le ventre en pointe. Il était parfaitement chauve et je sentis tout de suite que cette dernière disgrâce allait aggraver son cas.

— Vous êtes M. Pasquier? Eh bien? Qu'est-ce que ça peut faire?

— Cela fait, monsieur, dit papa, que je vous prie de descendre et de ne pas troubler plus longtemps la paix de cette maison.

Le bonhomme devint rouge, puis violâtre, puis noir, et l'on put croire une seconde qu'il allait tomber, d'une pièce, écumer, saigner du nez, mouiller ses chausses.

— La paix de cette maison! Vous parlez de ma maison! Ma maison, monsieur, ma maison!

Papa se mit à sourire, son calme devint effrayant et nous comprîmes tous qu'il était parti, sans retour, pour une colère majuscule, une colère telle qu'un homme n'en fait pas trois d'aussi belles dans sa vie.

— Il est possible, dit-il, que cette maison vous appartienne. Mais c'est nous qui l'habitons et nous avons droit à la paix, nous payons aussi pour la paix. Monsieur, vous choisissez l'instant où le malheur s'abat sur une famille pour faire une chose très vilaine. Et vous croyez, monsieur, que je vous laisserai faire sans vous châtier, à ma façon?

Petit à petit, mot à mot, mon père élevait la voix. C'était un crescendo bien contenu, une gradation savante. Et le bonhomme Ruaux, saisi soudain d'épouvante, commença de lâcher pied. Il reculait, ligne à ligne, et bredouillait : « Mais, c'est inimaginable! »

— Oui, monsieur, je vais vous châtier! Vous ne méritez pas autre chose. Vous êtes laid. Vous êtes gras. Vous êtes ridicule et bête. Vous avez le regard faux. Et même, vous ne vous refusez rien : vous vous offrez d'être chauve!

Cette période ascendante faillit être compromise par la brusque apparition de M. et Mme Courtois. Le peintre-de-roses-à-la-gouache montrait un visage radieux. Il criait : « J'entends! J'entends! » comme un autre avait pu crier : « Et moi aussi, je suis peintre! »

Mais notre père était parti. Rien ne pouvait plus l'arrêter. En vain ma mère et Mme Wasselin s'accrochaient aux basques de sa jaquette. En vain Mme Courtois disait : « Vous dépassez les bornes. » En vain les autres locataires, arrachés à leur terrier, commençaient de monter les marches. Notre père était en route pour un chef-d'œuvre de colère.

— Vous vous offrez d'être chauve, d'être ventru, d'être cagneux et, pour couronner le tout, vous êtes méchant, vous êtes ignoblement méchant. Monsieur, vous êtes un mufle! Vous êtes le modèle des mufles. On le saura, monsieur, on le saura. Je veux que la maison le sache, que toute la rue le sache, que tout le quartier le sache. Je veux que tout Paris le sache, que le monde entier, monsieur, sache que vous êtes un mufle. Un mufle doublé d'une canaille, une canaille doublée d'un fauve, un fauve doublé d'un niais...

Le bonhomme battait en retraite. Il descendait les degrés, deux par deux, puis quatre à quatre. C'était une fuite, un galop farouche et harcelé. D'un étage à l'autre, les locataires faisaient la haie, les uns stupéfaits, les autres goguenards. Et papa dégringolait sur les talons de sa victime.

— Un niais doublé d'un poltron, car, monsieur, vous êtes un lâche. Et quelque chose me dit que vous êtes même cocu! Il suffit de vous regarder pour comprendre, monsieur, à quel point vous l'êtes, cocu! Et vous êtes un cocu triste, l'espèce la plus redoutable...

La voix s'enflait encore, mais commençait de s'enfoncer dans les entrailles de la maison. Une minute plus tard, elle éclatait dans la rue. Nous étions tous au balcon, en même temps dévorés d'angoisse et curieusement soulagés. La colère de papa venait de crever à l'air libre. Ruaux, le malotru, tâchait à fuir; mais l'ange de la justice ne le quittait pas d'une semelle. Une foule surexcitée faisait cortège aux deux hommes. C'était vraiment la plus étonnante colère qu'il nous avait été donné de voir, d'entendre et d'admirer. Le groupe, au bout d'un instant, disparut dans la rue Vandamme. Nous percevions encore les éclats de la voix vengeresse, des mots, des mots, des mots. Enfin, le bruit se perdit du côté de l'avenue du Maine.

Nous restions sur place, assommés. Nous avions vu Jupiter.

Papa ne revint que dix minutes plus tard. Il montait l'escalier posément, en s'éventant avec un bout de journal, car il avait grand chaud. Il donnait des poignées de main à certains locataires demeurés sur son passage pour lui témoigner leur respect, leur estime, leur vibrante admiration.

Mme Wasselin soupirait, sur le seuil de notre cuisine. Maman me souffla, d'une voix défaillante :

— Ne dis rien à ton père. Ce qu'il a fait est d'un bon cœur; mais c'est épouvantable. Va voir ton pauvre Désiré.

Le jour mourait. Le ciel était bas et noir. Le monde espérait l'orage. Je me glissai comme une ombre dans le logement des Wasselin. Je préfère ne pas raconter ce que je vis en pénétrant dans leur salle à manger...

Quand, au bout d'une petite heure, je repris connaissance, entre les bras de ma mère, j'entendis que l'on disait, à voix basse, autour de moi : « C'est un grand malheur! Quel malheur épouvantable! » Alors l'esprit me revint et je revis, devant mes yeux, tel je le revois encore en rêvant, les soirs d'orage, Désiré Wasselin pendu par le cou, à l'anneau de la suspension.

Non! Pas un mot! Pas un mot!

Un peu plus tard, dans la soirée, maman ouvrit les fenêtres. On entendait la musique des bals populaires qui tourbillonnaient au loin, sur le boulevard de Vaugirard et l'avenue du Maine.

Maman dit :

— Il faut, quand même, au moins pour coucher ce petit, il faut allumer la lampe à pétrole.

Père alluma notre lampe et dit, en s'essuyant les mains :

— Qu'est-ce que c'est que cette lettre?

— Quelle lettre? fit maman, la voix morte.

— Cette lettre qui est sur la table.

Mère allongea le bras, sans cesser de me bercer. Elle retournait la lettre avec lassitude. Elle la reposa même un instant et dit à papa, tout bas :

— Sans en avoir l'air, regarde. Le pauvre Laurent s'est mis à trembler du menton. Il tremble même très fort, comme moi, comme mon père et comme le grand-père Guillaume.

Puis elle reprit la lettre et l'ouvrit d'une seule main, maladroitement. Elle l'ouvrit et dit aussitôt :

— C'est une lettre du Havre!

CHAPITRE XX

LA LETTRE DU HAVRE. DIVERS POINTS D'HISTOIRE FAMILIALE. SUR TROIS VERS DE BOILEAU. LA PART D'AURÉLIE ET LA PART DE MATHILDE. LEÇON D'ARITHMÉTIQUE. FIÈVRE ET DÉLIRE. MIRACLE N'EST PAS ŒUVRE.

C'était la lettre du Havre.

Je vais en parler tout de suite, ne serait-ce que pour tromper l'assaut des ombres, pour disperser le vol des anges blancs et noirs. Il y a, dans les chiffres, une aridité polaire, une sécheresse inhumaine et, de ce fait, reposante, comme doit l'être le néant.

Je vais en parler brièvement, bien que ma mère ait pris toute une nuit pour en débrouiller le jargon, pour en extraire la substance, et bien que je soupçonne mon père de n'avoir jamais tout à fait compris ce mirifique document.

Je vais, en tout cas, donner mon interprétation personnelle, que la suite des événements a justifiée, éclaircie et qu'on peut tenir pour bonne. J'y ajoute quelques détails obtenus, bien des années plus tard, grâce aux relations personnelles que j'ai nouées avec mes confrères de Lima.

Les deux sœurs de ma mère n'étaient pas mortes en 1866, comme avait pu le faire croire une lettre expédiée, vers ce temps, par l'associé de mon grand-père pendant la maladie de ce dernier. Mon grand-père Mathurin avait bien alors perdu deux filles, mais deux filles du second lit, mortes toutes deux ensemble, au cours d'une épidémie. Les deux filles du premier lit, les deux filles venues de France, les vraies sœurs de ma mère, s'étaient mariées en 67, comme d'ailleurs Mathurin l'avait fait savoir à Prosper. L'aînée, Aurélie, était morte en couches, à peu près au bout d'un an, c'est-à-dire en 68. La seconde, Mathilde, avait quitté Lima pour suivre son mari, négociant à Cusco. J'y ai songé souvent, plus tard, en récitant à mes maîtres ou en relisant pour moi-même ces vers de Boileau-Despréaux, ces vers dont l'un est plat, le second d'une mélancolie romantique et le troisième ridicule :

> Le bonheur tant cherché sur la terre et sur l'onde
> Est ici comme aux lieux où mûrit le coco,
> Et se trouve à Paris de même qu'à Cusco.

En 69, soit deux ans après son mariage, cette sœur, qu'il me faudrait, somme toute, appeler ma tante Mathilde, avait quitté sa maison au moment d'un tremblement de terre. Les phénomènes de ce genre sont, paraît-il, assez fréquents dans cette région du monde et les Péruviens savent tous que, dès la première secousse, il faut sortir de chez soi pour n'être pas enseveli sous les décombres. La tante Mathilde avait donc quitté sa maison, comme tout le monde. Le tremblement de terre passé, on avait en vain cherché la jeune femme. Il avait été impossible de la retrouver, morte ou vive.

Il existe un texte de loi, paraît-il, interdisant de dresser un acte de décès régulier pour des personnes disparues, tant que le cadavre n'a pas été découvert et dûment identifié. A défaut d'une telle identification, la mort ne se trouve admise et l'acte délivré qu'après un délai de trente ans, à compter du jour même de la disparition.

Tels étaient les renseignements — je les résume — fournis après de longues et difficultueuses recherches par le consul de France à Lima.

L'acte de décès d'Aurélie ayant été légalement délivré, puis expédié en France, le notaire du Havre, exécutant à la lettre les dispositions testamentaires de Mme Delahaie, mettait à la disposition de ma mère la part dite « part d'Aurélie », soit environ vingt mille francs, en fonds d'État. Quant à la part de Mathilde, elle devait rester en dépôt, sous la gérance du notaire, jusqu'en 1899. Et je dois dire qu'à cette époque nous en touchâmes le montant.

Mais, quand la lettre arriva, la lettre que j'analyse, nous étions en 91. La part d'Aurélie, je viens de le dire, consistait en fonds d'État, au porteur, et négociables. Le notaire s'offrait lui-même à donner des ordres de vente. Ces titres venaient de subir une légère dépréciation, ce qui ramenait leur valeur, au cours du jour, à dix-neuf mille deux cents francs. En revanche, il fallait ajouter à ce principal les intérêts, trois pour cent, depuis la mort de Mme Delahaie, c'est-à-dire pendant neuf trimestres. Ce qui faisait un total de vingt mille cinq cent cinquante francs.

Cette somme se trouvait grevée de beaucoup de frais notables : frais de succession, frais d'étude et, surtout, frais de recherches, réclamés par les agences péruviennes. L'ensemble de ces débours s'élevait — j'ai conservé toutes ces affreuses paperasses —

au chiffre effarant de sept mille trois cent quinze francs.

Ma mère, pendant bien des jours, considéra ce chiffre en se mordant le bout des doigts.

Elle donnait à l'arithmétique toutes les minutes que lui laissaient les soucis de la maison et la catastrophe Wasselin. Papa disait, en regardant les papiers par-dessus l'épaule de ma mère :

— En somme, ça fait un peu plus de treize mille deux cents francs que nous aurons devant nous.

Mère se retourna, toute raide, et considéra longuement ce compagnon extraordinaire, l'homme de sa vie, l'homme dont elle était devenue, pour toujours, l'ombre fidèle.

— Tu dis, Ram, treize mille francs... Mais tu ne penses donc pas que, là-dessus, nous devons rembourser aux Courtois dix mille francs, plus cinq cents francs, plus un trimestre, à huit, en calculant sur dix mille, ce qui fait deux cents francs. En tout, dix mille sept cents.

Papa leva les bras au ciel. Il commençait d'oublier cet emprunt aux Courtois, le désastre de l'Incanda Finska et la folie du vieux prêteur et les scènes au tabouret.

Maman n'était pas abattue. Je dois même dire que, jamais, nous ne l'avions vue si forte que dans ces jours de détresse. Elle ne disait plus : « Mon Dieu, j'ai la tête perdue! » Elle avait la tête haute, l'œil limpide, la bouche serrée. Elle commençait de grossir et nous apprîmes bientôt qu'elle devait mettre au monde un nouvel enfant, frère ou sœur. (Ce fut la petite Suzanne, en janvier 92.) Mais notre mère nous a tous portés en pleine course, en pleine bataille.

Maman se dressa donc et dit :

— Écoute bien, Raymond. Tous comptes faits, restent deux mille cinq cent trente-cinq francs. De quoi préparer l'automne et, bien entendu, de quoi déménager, car il nous faut déménager. M. Ruaux n'a pas attendu : j'ai le congé dans ma poche. J'irai le voir après-demain et j'espère bien arranger les choses pour le terme d'octobre, en admettant toutefois qu'il ne s'avise pas, Raymond, de nous attaquer en justice. Deux mille cinq cents francs, Raymond. Et c'est fini, bien fini. Nous toucherons peut-être, un jour, plus tard, dans bien des années, cette part de Mathilde. Possible. Je ne veux plus y penser. Je ne veux plus, Raymond, c'est fini. Je ne veux plus compter que sur nous, sur nos quatre bras, sur nos deux têtes. Et je t'affirme, Raymond, que ça vaut mieux comme ça.

Papa relevait les yeux.

— Oui, dit-il, ça vaut mieux. Et quelle leçon, ma femme! Quelle leçon, mes enfants! Je jure bien que c'est fini. Me remettre encore une fois aux mains de ces aigrefins, de ces prêteurs, de ces voleurs, de ces Incandas, de ces hommes de loi! Jamais! C'est fini. C'est fini.

Il fit un sourire étrange. Nous étions tous, à part Cécile, bien assez grands pour savoir que les planètes soupirent, peut-être, dans les espaces du ciel : « C'est fini » et qu'elles tournent quand même.

Papa répétait : « C'est fini! » Maman dit : « Parle plus bas. Le cercueil n'est pas fermé. Mme Wasselin est seule. Je vais aller passer quelques heures avec elle. Il faut qu'elle dorme un peu. »

J'écoutais toute cette scène de mon lit, de ce grand lit de bois où j'allais languir encore bien des jours et bien des semaines dans la fièvre et l'égarement et d'où je devais enfin sortir, un matin de l'extrême été, guéri, guéri, pour jamais, du miracle, des prodiges et des événements magiques.

Quelque chose, en vérité, quelque chose était fini. Un long rêve s'achevait, ce rêve qui, pendant plus de deux ans, nous avait dupés, perdus, rassasiés de nos faims, désaltérés de nos soifs, repus de toutes nos disettes.

Nous repartions, brisés, déçus, soûls de fatigue et de souffrance, mais allégés, allégés quand même. Nous repartions pour d'autres combats que je raconterai plus tard, si la vie m'est conservée, avec la force et le courage.

DU MÊME AUTEUR

Récits, romans, voyages, essais

VIE DES MARTYRS, 1914-1916.
CIVILISATION, 1914-1917.
LA POSSESSION DU MONDE.
ENTRETIENS DANS LE TUMULTE.
LES HOMMES ABANDONNÉS.
LE PRINCE JAFFAR.
LA PIERRE D'HOREB.
LETTRES AU PATAGON.
LE VOYAGE DE MOSCOU.
LA NUIT D'ORAGE.
LES SEPT DERNIÈRES PLAIES.
SCÈNES DE LA VIE FUTURE.
LES JUMEAUX DE VALLANGOUJARD.
GÉOGRAPHIE CORDIALE DE L'EUROPE.
QUERELLES DE FAMILLE.
FABLES DE MON JARDIN.
DÉFENSE DES LETTRES.
MÉMORIAL DE LA GUERRE BLANCHE.
POSITIONS FRANÇAISES.
LIEU D'ASILE.
SOUVENIRS DE LA VIE DU PARADIS.
CONSULTATION AUX PAYS D'ISLAM.
TRIBULATIONS DE L'ESPÉRANCE.
LE BESTIAIRE ET L'HERBIER.
PAROLES DE MÉDECIN.
CHRONIQUE DES SAISONS AMÈRES.
SEMAILLES AU VENT.
LE VOYAGE DE PATRICE PÉRIOT.
CRI DES PROFONDEURS.
MANUEL DU PROTESTATAIRE.
LE JAPON ENTRE LA TRADITION ET L'AVENIR.
LES VOYAGEURS DE L'ESPÉRANCE.
LA TURQUIE NOUVELLE, PUISSANCE D'OCCIDENT.
REFUGES DE LA LECTURE.
L'ARCHANGE DE L'AVENTURE.
LES PLAISIRS ET LES JEUX.
PROBLÈMES DE L'HEURE.

PROBLÈMES DE CIVILISATION.
TRAITÉ DU DÉPART.
LES COMPAGNONS DE L'APOCALYPSE.
LE COMPLEXE DE THÉOPHILE.
NOUVELLES DU SOMBRE EMPIRE.
ISRAËL, CLEF DE L'ORIENT.
TRAVAIL, Ô MON SEUL REPOS.

VIE ET AVENTURES DE SALAVIN

CHRONIQUE DES PASQUIER

LUMIÈRES SUR MA VIE

Critique

LES POÈTES ET LA POÉSIE.
PAUL CLAUDEL, *suivi de* PROPOS CRITIQUES.

REMARQUES SUR LES MÉMOIRES IMAGINAIRES.
LES CONFESSIONS SANS PÉNITENCE.

Théâtre

LA LUMIÈRE.
LE COMBAT.
DANS L'OMBRE DES STATUES.
L'ŒUVRE DES ATHLÈTES.
LA JOURNÉE DES AVEUX.

Poésie

COMPAGNONS.
ÉLÉGIES.

*Cet ouvrage a été composé
et achevé d'imprimer par l'Imprimerie Floch
à Mayenne le 28 avril 1986.
Dépôt légal : avril 1986.
1ᵉʳ dépôt légal dans la même collection : mars 1972.
Numéro d'imprimeur : 24226.*

ISBN 2-07-036903-X / Imprimé en France.
Précédemment publié par Le Mercure de France
ISBN 2-7152-0017-X

37857